銀河マリーゴールドシネマ

荒河踊

ぶくぶっくす

目次

第一幕　ぼく　9
映画館の無い世界で　10
空瓶《あきびん》　17
映画『フォスターのふたつの心臓』を観た　25
出鱈目《でたらめ》スープ　34
蝶　38
雨と泥と館長と　41
映画『異国の神』を観た　43
地下フィルム倉庫　56
影猫《かげねこ》　59
働く影は踊るように　65
映画『デストロイ・アンド・イート』を観た　75
お金では買えない入場券　80
映画『骨《ほね》オリゾン』を観た　87
映画館の仕事　93
映画『ツルコエ』を観た　105
予告編祭り　116
映画『赤ツイードの男』を観た　119
呪われたフィルム　125
夢をみた　140

第二幕　館長　145
沈黙と月光　146
闇《やみ》の間《ま》に問《と》う　152

その音は濁《にご》り痛《いた》んでいる　154
渦魔鬼《うずまき》　157
崩《くず》れていき創《つく》られてもいく　164

第三幕　五番目のキュラソ　167
映画『ドゥディディ・カッカバァ』を観た　169
この作品には説明が必要です　174
美しさの数　180

第四幕　報告　185

終　幕　千年先の映画館をあなたが創造する　195

高峰和音《たかみねわお》が銀河マリーゴールドシネマで観た映画100作品　203

あとがき　219
果てなき映画たち　犬童一心　220
戦慄！　赤道也監督現る！　竹中直人　226
映画館しかない世界の中で　荒河　踊　240

夜空に輝く星に

銀河マリーゴールドシネマ

挿絵　Mao Ishitsuka

第一幕　ぼく

映画館の無い世界で

ポケットから〈それ〉をとりだした。

太陽に透かせて、しばらく眺めてみた。春先にしては蒸し暑い午前中のつよい陽光は、十センチほどの薄いプラスチック片の風景を鮮明に浮かびあがらせた。いま目のまえにそのプラスチック片の風景が広がっている。

この森で間違いないと確信した。

「フィルムをお持ちだなんてめずらしいですね」

背後から男の声がした。驚いて振り返ると、痩せた初老の男が笑みを浮かべて立っていた。

「ふぃるむ？」とぼくは聞き返した。

「そうです。フィルムです」

「聞いたことがありません。なんですか、それは？」

「そのフィルムの中に何か映っていませんか？　人とか風景とか？」

「建物が映っています」

ぼくは少しだけはぐらかして答えた。

「本の栞のようなものですか？」

「栞ではありませんよ。そのフィルムに光を当ててスクリーンに映像を映すのです」

また聞き慣れない単語がでてきた。

「〈ふぃるむ〉も〈すくりーん〉というものもぼくは知りません」

「なら、それはどこで手に入れたのですか？」

「拾いました」

ぼくは嘘をついた。

フィルムと呼ばれるプラスチック片を、ぼくは初老の男に向けた。反応がみたかったからだ。

しかし男は視線を一瞬だけぼくの手元に向けただけで、特別興味を持つことはなかった。

「どちらからいらしたんですか？」男が聞いた。

ぼくは故郷の名を告げた。

「それははるばる大変でしたね。私の自宅兼仕事場は、ほら、この先にみえるあの古い建物です。歴史的建造物だと私は思うのですが町の方々からは見放されています。映画館っていいます。よかったら遊びに来ませんか、いまは庭の花も見頃ですから」

建物を取り囲むようにしてオレンジ色の小さな花が咲きほこっていた。

「えいがかん？」

初老の男はニコリと微笑み、こういった。

「ようこそ、銀河マリーゴールドシネマへ」

ガタガタした石畳の道を初老の男に先導されながらゆっくりと進んだ。〈えいがかん〉という歴史的建造物へ向かいながらあることに気がついた。

初老の男には〈影〉が無かった。

ぼくの影はたしかに足下《あしもと》にいた。

木陰や太陽の角度のせいかもしれないと思ったが、やはりみあたらない。そのかわりに初老の男の頭上に一頭の青い蝶が飛んでいることに気づいた。

蝶は男のまわりをゆらゆらと楽しげに飛んでいた。

「〈えいがかん〉とはどんなものですか？」

ぼくは前を歩く初老の男の背中にたずねてみた。

青い蝶をみつけたので影のことは気にしないことにした。

「実は私にもどういったものかはうまく説明できません」

初老の男は身なりのよい服装をしていた。紺色の背広を着て、ネクタイもしめていた。髭をはやしていたけど清潔感があった。髭は少し白髪まじりだった。

「なにかを売っているのですか？」

「売っているといえば売っているし、売っていないのかもしれません。目にみえるものですけど、みえないものも与えています」

「禅問答みたいです」

「百聞は一見にしかずです」

ゆっくりと足どりを進めながら初老の男が答えた。

なんだかうれしそうな返事に聞こえた。

「映画館の名前はこの花にちなんでいます」

庭一面の花畑に咲いているのはマリーゴールドという花で、初老の男が育てたのだと説明した。

「森の中ではありますが私の好きな花や植物をたくさん植えました。時間はふんだんにありますし、今日みたいにお客様が来てくださることもありますから。裏では野菜も育てています。じゃがいもや茄子、トマトやきゅうりなども。映画の仕事と畑仕事が、いまの私のすべてです」

ぼくは足下《あしもと》で輝くマリーゴールドを観察しながら、畑仕事をする男の姿を思い描いた。〈いまの私のすべてです〉という言葉がなんだか引っかかった。

「ご家族は？」ぼくは聞いた。

「独り身です」初老の男は答えた。

足下でマリーゴールドという花が微笑んでいた。まるで小さな太陽がたくさん散らばっているみたいだ。色が鮮やかで可憐で、みているだけでこころが安らいだ。束の間、いままでの旅の苦しさを忘れていた。

初めてみるマリーゴールドという花は、この旅が間違っていないのだ、とぼくをなぐさめているようだった。

ぼくは〈えいがかん〉と呼ばれている洋館の前に立っていた。

青い蝶はいつのまにかどこかへ消えてしまった。

この初老の男が何者であろうと〈ふぃるむ〉というプラスチック片に映っている風景にぼくはたどり着いたのだ。

おそらく、この場所がぼくの旅の終着点であり、
これから起こるべき物語の出発点になるのだ。

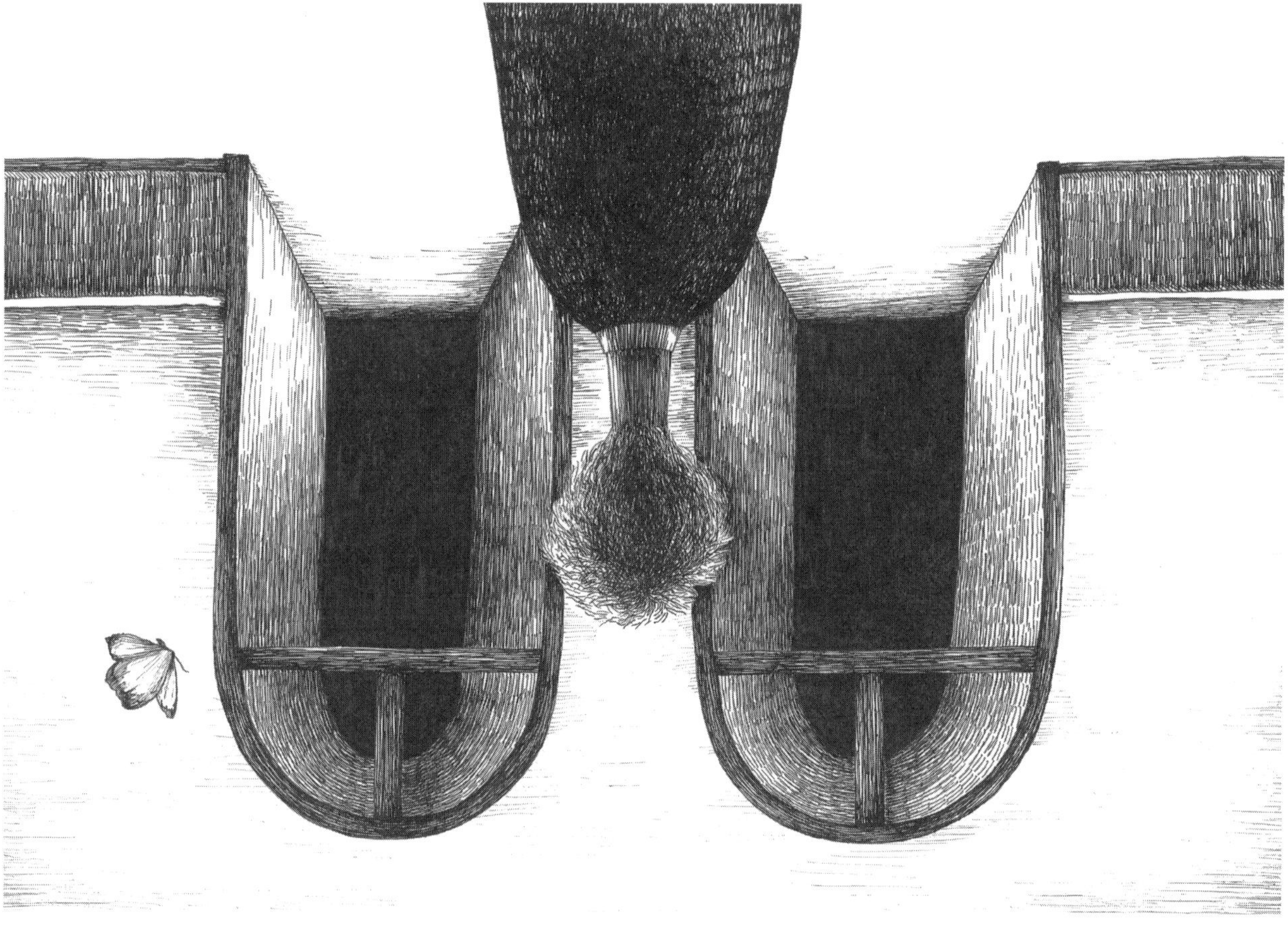

空《あき》瓶《びん》

〈えいがかん〉はまるでおとぎ話にでてくる魔法使いの館のような、独特の存在感で森の中にたたずんでいた。

右側は三階建ての小さな塔のような形になっていて、一階は大きな家と小さな家を重ねたような奇妙な造りの木造建築だった。朽ち果てた姿から建てられて相当な年月が経っているように感じた。いったい誰がこんな奇妙な姿をした可愛らしい建物を造ったのだろうか。みればみるほど不思議で魅力的だった。黙ってたたずんでいるようにもみえるし、静かに眠っているようにもみえるし、にらんでいるようにもみえるし、ぼくのことを待っているようにもみえた。

小さな塔の横に、まったく目立っていない小さな看板が掲げられていた。

入口にある古びた木製の扉には動物の引っ掻き傷がいくつもあった。森のリスか猫だろうか。またはこの洋館に住む化け物とか。

「どうぞこちらへ」

初老の男が扉を開けると、そのきしむ音が耳の奥まで鋭く響いた。

すると、まぶしさでぼくは一瞬目を細めてしまった。

窓から射しこむ太陽の光が床を大理石のように輝かせていた。室内はみわたすかぎり清潔感ある床板になっていた。

広々とした部屋の右側には椅子とテーブルがあり、左側には簡素で小さな受付台があった。開放感ある空間はまるで裕福な町の集会所のようなおもむきがあった。

正面には重厚感ある革張りの大きな扉があった。観音開きのその扉になぜか威厳みたいなものを感じた。

あの扉の向こうには何があるというのだろうか？

「あちらに座ってお待ちください。いますぐに準備をしてきますから。よかったら、あそこの瓶でもご覧になって」

初老の男の指さす方向には縦に長い大きな窓があり、窓辺に透明なガラスの空瓶《あきびん》がひとつポツンと置かれていた。

花は活けられてない。

初老の男は特に説明をする様子もない。

そして、そのまま急ぎ足で奥へ行き、突き当りの薄暗い階段を足早にあがってしまった。

二階には何があるのだろうか？

準備とはいったいなんだろうか？

ぼくはなにもお願いなどしていないのに勝手に物事が進んでいく。でもなんとなくそこがおかしかった。この場所に不安は感じないし、初老の男に不信感を抱くこともなかった。

きっとなるようにしかならないのだ。

とりあえずぼくは休憩室のソファに深々と腰をおろし、ぼんやりと室内を見回して初老の男の再登場を待った。隅々まで掃除が行き届いているこの部屋は、大勢の人々を休憩させるための椅子やテーブルがいくつもあった。

でも、やはり町の集会所ではなさそうだ。町からこんなに遠い場所にわざわざ集まる必要がない。食堂や教会ともなにかがちがう。

奥の壁に大きな本棚をみつけた。

ぎっしりと本が並べられている。

ぼくは座り心地の良い椅子から立ち上がり、本棚をみにいった。

古書ばかりだ。

並んでいる書籍名をひとしきり目で追ってみた。

『オレの映画人生ワンカメ・ワンテイク』
『映画監督アレハンドロ・アルツメッツォ、自身の駄作を語り斬る』
『カチンコはみてみぬふりをした』
『撮影現場は毎日ビッグバン』
『どこまでも遠くにいるエキストラの君へ』
『シゲル大下の映画体験赤裸々語録』
『ロケ弁スマイル』
『わがミューズはがっくりと肩を落として途方に暮れる』
『孤高の映画監督ブルボワガノシェの傑作シナリオ論』
『シネマ白鳥座は永遠なり』
『銀幕は素晴らしき人生』

エトセトラ、エトセトラ……

（「えいが」ってこんな字を書くんだな。映画の館《やかた》が映画館なんだ）

ぼくは何冊か手に取り、パラパラとページをめくった。

ここにある本たちは〈映画〉や〈映画館〉にまつわるものが集められているようだ。

すると、とつぜん激しい眠気が襲ってきた。

この建物は静寂につつまれていたし、しずかで、広くて、こころが穏やかな気持ちになる。それらは〈映画館〉というものに必要とされている要素なのだろうか？

旅の疲れがでたのかもしれない。

少し緊張しているのかもしれない。

目を閉じて寝てしまおうと思ったけれど、やめた。

ふと、そういえば瓶がどうとかあの人がいっていたことを思い出した。

窓辺に飾られている空瓶。

なんの変哲もないガラス瓶。

商店で安く売られている自然水が入っているただの瓶。

この瓶にどんな鑑賞価値があるのだろうか、まったく見当がつかない。

太陽の光に反射して美しく輝いてはいるが、それ以上でもそれ以下でもない。

ぼくはさっきまで座っていたソファに戻った。

気づかなかったが手に一冊の本をつかんだままだった。

タイトルは、『いとしき暗闇の住人たちよ』といった。

冒頭に呪文のようなこんな一節が書いてあった。

暗い闇のなか
映しだされる自分の姿を
あるものは　あざわらい
あるものは　いかりにふるえ
あるものは　むせびなく
それでも
つかまえたら　はなすんじゃないぞ
みつけたら　なくすんじゃないぞ
それは　欲望うごめく
いのちの暗闇なのだから

目をさますと、ぼくは天井のやたら高い大きな部屋の椅子に座っていた。休憩室のソファとはあきらかに座り心地がちがう。

その椅子はふわふわと柔らかく深々としていた。

前後に同じ椅子が無数に並んでいた。

百以上ある椅子が同一の方向を向いて整列している。

その正面には巨大な白い垂れ幕のようなものが吊り下げられていた。

天井あたりから初老の男の声が場内に響いた。

「これが映画館の中心です。

正面の白い布のようなものがスクリーンといって、

あそこに映像が映し出されます。

これから上映する映画は一時間三十四分。

どうぞ、そのまま座ってごゆっくりとご覧ください。

では上映を始めます」

するとブザーが鳴り響き、

大きな部屋全体が暗転した。

昼間なのにまるで宇宙のような暗闇になった。

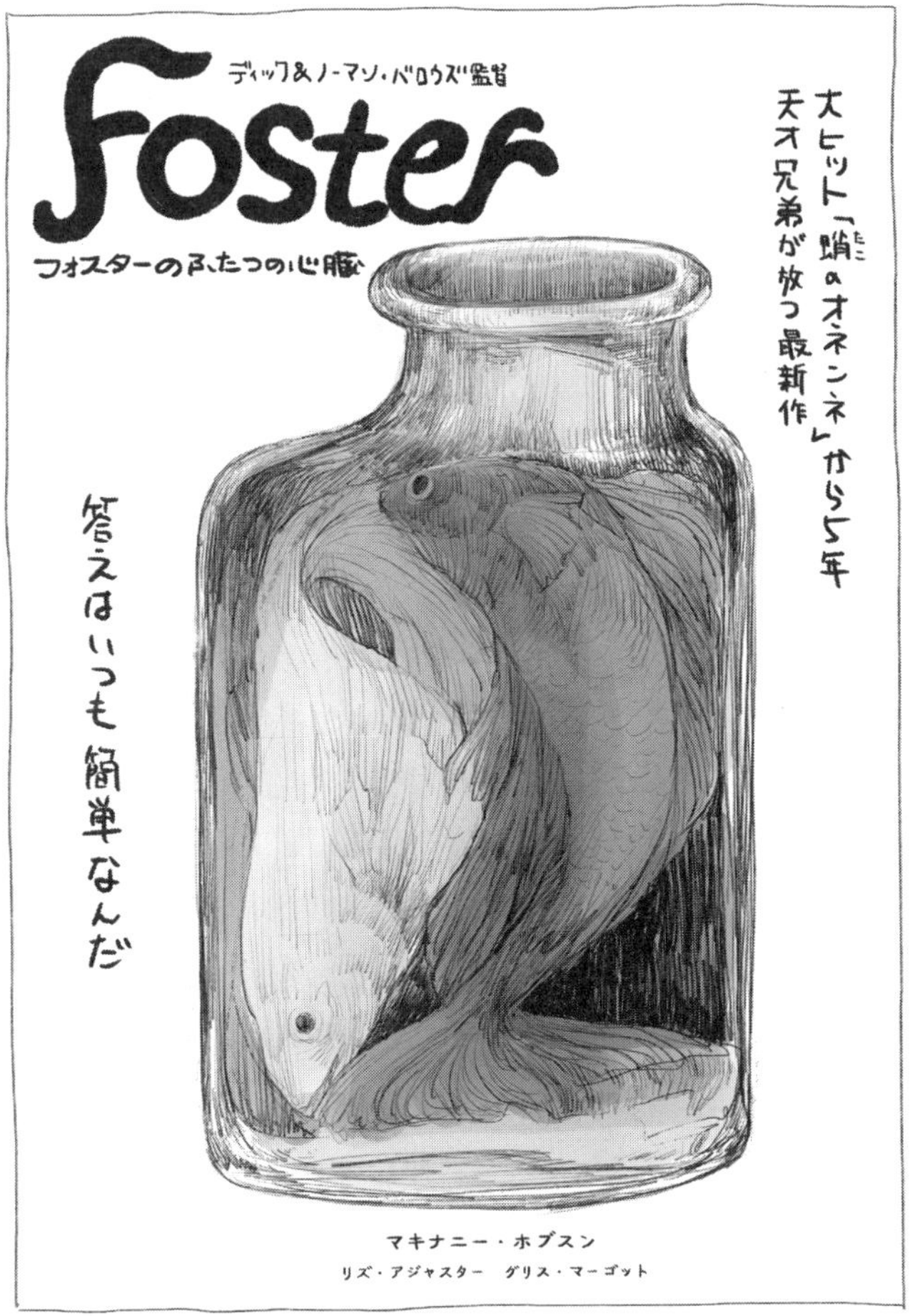
Foster
ディック&ノーマン・バロウズ監督
フォスターのふたつの心臓
大ヒット「蛸《たこ》のオネンネ」から5年
天才兄弟が放つ最新作
答えはいつも簡単なんだ
マキナニー・ホブスン
リズ・アジャスター　グリス・マーゴット

※前作『蛸のオネンネ』からバロウズ兄弟は独自の制作手法に目覚めたらしい。それは全ての作業を半分に手分けするものだ。兄ディックが脚本の前半を書いた場合、後半は弟ノーマンが書く。撮影も編集も同様だ。彼らはあるインタビューでこう言っている。「才能には限界があるし、アイデアなんてとっくに枯渇した。自分達のうんざりなありきたりをブチ壊すしかなかった。俺たちは姿こそ同じだが性格はまったく違う双子だから」。本作の主人公フォスターにふたつの心臓があるのは、双子監督の窮屈で過ごしにくい世界を作品に投影したとも解釈ができる。また現在制作進行中の作品『枯葉落とし』では、哲学的な思考と魔術師のような魅惑的な映像で観客を迷宮へ誘うと前評判も上々である。

by アズモオナガ（映画説明者）

これは、アルミホイル・フォスターというふたつの心臓を持った人間が主人公の物語。温和で気弱な独身の彼は、ひなびた町で雑貨店を営んでいた。平凡な日常こそが彼の幸福だった。

しかし不幸は突然に訪れる。

ある日、彼の雑貨店に強盗が押し入り、フォスターはわずかな売上金を守るためにあっけなく銃弾で心臓を貫かれてしまう。

病院の一室で目覚めた彼はアイパッチをした片目の看護師、サラン・ラップランドというスタイル抜群の女から、「おめでとう。あなたは人類で初めて発見された突然変異よ」といわれる。

「親に感謝しなさい。心臓がふたつあるなんて稀にみる異形なんだから。おかげで悪名高き国際医療連合会、通称〈死の予防注射〉に狙われることになったんだから、スゴイもんよ」

「狙われるってどういうこと?」

答えは簡単よ、とサランはいった。

「決まってるじゃない、人体実験の対象者よ。だって珍しい人間なんだから。でも、もし……」と彼女は続けた。

「もし逃げたければあたしの奴隷になりなさい。そうすれば助けてあげるから」

フォスターはサランと約束を交わし、病院を脱出する。

ふたりに襲い掛かる武装した白衣の男たち。

彼らの激しい銃撃をかわしながら、ふたりは山深く逃げ込む。

「彼らが僕を人体実験したいのなら、生かして捕まえたいはずなのに……なぜ銃を撃ってくるのかわからない」

逃走をつづけながらフォスターは疑問を口にした。

答えは簡単よ、とサランはいった。

「あなたには心臓がふたつあって、それだけでも奇異なことなのに、たぶん、すでに死んでいる心臓もいまはもう再生されているはずよ」

「どういうこと？」

「どういうことって口癖なの？　おもしろい男ね、嫌いじゃないわよ。説明してあげるけど、あなたの体内に強い自然治癒力があって、その速度も驚異的なの。もう人間の領域を超えてしまっている存在というわけ。神なのか、はたまた未知なる完全生命体なのか、そんな珍発見に注射針のドクターたちの目はギンギンランランの大興奮よ。そうとうヤバい奴ってことね、あなたは」

四十五まで冴えない人生を歩んできたフォスターには、まったく理解しがたい話だった。

「僕はこれからどうしたらいいのだろう……」

「その弱気な発言、ゾクゾクしちゃうわ。答えは簡単よ。あたしの奴隷になったあなたは、あたしと世界の果てまで逃げきるのよ」

しかし白衣の男たちはどんなに逃げようと、身を隠そうと必ずふたりを探し出し、そして銃口を向けてきた。

ある町で廃車寸前のかろうじて動く車を手に入れたフォスターとサランは、とりたてて目指すべき場所もないままひたすら車を北へ走らせた。

そして北にある大きな湖の畔《ほとり》でうってつけの山小屋を見つけ、

そこでしばらく身を潜めることにした。

食料はサランが用意してくれた。

彼女は湖で魚を釣り、木の実や食べられる野草を摘んできた。罠を仕掛けてウサギを捕獲したこともある。サバイバル術に長けているサランを、フォスターはすっかり頼っていた。彼は日々白衣の男たちに怯えているだけだった。

「どうしてぼくにここまでしてくれるの？」

ある日フォスターはサランにたずねた。

答えは簡単よ、とサランはいった。

「あんたが死んだ恋人にそっくりなの。あたしは死んだ恋人そっくりのあんたを奴隷にして喜んでいるってわけ」

月日が経過した。

白衣の男たちは姿をみせることがなく、日々平凡な暮らしが続いていた。サランが食料を調達し、いまではフォスターが料理をした。

ふたりは世界と孤立して、森の中で静かに生きていた。

いつしかフォスターは自分の体に対して疑問を抱きはじめた。なぜ自分には心臓がふたつもあるのか？　自分はこれからもサランとふたりで、こうして平和に生きていてよいのか？　ひとつの命を大切にして生きるからこそ、人はその人生を尊く感じるのだと、自らの運命に対して自問自答を繰り返し、苦悩しはじめていた。

もし、自分の存在が病気や怪我に苦しむ人々の役に立つのであるならば、自分のこの命を人類の医療に捧げることが最善の道なのかもしれない。

冴えない人生の最後くらいは人のために死んでもいいのではないかと、フォスターは思うようになった。

フォスターはその考えをふいに口にした。

すると、サランは感情をむき出しにして彼の意見を断固として批判した。黒い噂がある国際医療連合会という組織はフォスターの誠実な決断を必ず裏切るであろうし（実際に彼らは金儲けのために人工心臓の大量生産を目論んでいた）、フォスターの求める未来の姿は絵空事でしかないくだらない妄想なのだと怒りをあらわに叫んだ。

「あんたの考えは神に背く行為なのよ」と。

翌朝、ふたりの心の決裂を察知したかのように、湖の畔に複数の白衣の男たちが姿を現した。急襲してくる男たちに対して、サランは手に入れたライフル銃で応戦した。

サランはフォスターを守るために必死に戦ったが、しかしついに敵の銃弾に命を落としてしまう。死の淵をさまようサランを抱きかかえたフォスターは涙を流しながら叫んだ。

「サランが死ぬなんてダメだ、そんなのダメだ。僕なんかを病院から逃がしてさえいなければ、こんなことにならなかったのに……」

「奴隷が偉そうなこというんじゃないわよ……それに答えは、いつも簡単なのよ……あたしは夜勤で退屈していたし、あなたは昔からあたしにやさしかった」

サランは夜勤明けの早朝にフォスターの雑貨屋でフォスターの作るサンドイッチを買うことが日課だったと告白した。

「あんまりおいしくはなかったけど……あたしにとっては……」

そういいかけるとサランは微笑み、息絶えた。

悲しみに暮れるフォスターは、サランを抱きしめながらある覚悟を決めた。

怒りと悲しみに震えるフォスターは顔を上げて、銃口を向ける白衣の男たちの前に歩き、取り囲まれる。

フォスターは叫ぶ。

「ぼくは田舎町で父から受け継いだ小さな雑貨店で働いていた。仕事が終わればまっすぐに家に帰って、自分のためにささやかな食事を作り、テレビをみながらひとりで食べて幸せを感じる平凡で幸福な男だ。誰にも僕の人生を冒涜《ぼうとく》はさせない。よく聞け、忘れるな、僕の名前はアルミホイル・フォスターだ。答えは簡単だったんだ、その汚れた目でよくみていろッ！」

彼は右手に握っていたナイフで自らの心臓を突き刺し、すぐさま左手に握っていたナイフでもうひとつの心臓を突き刺した。

アルミホイル・フォスターは崩れ倒れて死んだ。

白衣の男たちは銃口を下げ、黙ってフォスターの遺体を黒い布で包むと無駄のない動きで静かに運び出した。

THE END

夜空に満天の星が輝くように、照明が明るく部屋を照らしはじめた。まるで宇宙空間をふわふわと浮遊しながら、ひとりの男の人生の一部始終を覗き見しているような気分だった。

掌が汗ばみ、喉が渇いていた。

いまみたふたつの心臓を持つ男の表情がまだ脳裏に残っていた。

しばらく椅子に座って気持ちを落ち着けてから、休憩室に向かった。すこし頭がぼんやりとしていた。

「いかがでしたか？」

いつの間にか初老の男がそばに立っていた。

ぼくは問いただした。

「あのフォスターという男は本当に死んでしまったのですか？」

初老の男は少し考えてからこう答えた。

「わかりません。続編がないので」

出鱈目《でたらめ》スープ

安い宿をみつけたのでとりあえず一週間ばかり宿泊することにした。銀河マリーゴールドシネマという映画館へはここから歩くと半日はかかるのだが、宿の女将さんにひどくオンボロの自転車を借りることができたので少しだけ通いやすくはなった。

「映画って知っていますか？」

宿泊手続きを台帳に記入しながら女将さんにたずねてみた。彼女は眼鏡をかけた神経質そうな顔で、知恵の輪をしていた。

「知ってるよ、あれはほとほと不味い代物だよね」と女将さんは知恵の輪に集中しながら適当につぶやいた。

「夕飯ならスープとパン。宿泊に付けると料金あがるけど、どうする？」

「いりません。適当にしますから」

「干し鱈とじゃがいものスープ、あたしの得意料理さ。宿賃に三十追加になるからね」

「いえ、いりません」

「一回食べてみてから決めんだな、うまいからさ、な？」

あまりに強引だったので「わかりました」とぼくはあきらめて応《こた》えた。

「こんな辺鄙な場所に何しに来たんだい？　もし仕事を探してんなら紹介してあげてもいいけど。あんた、まだ若そうだし」

知恵の輪をガチャガチャとこねくり回す女将さんは「しかし、コレ、まったく外れやしないじゃないか」と不機嫌そうに手を動かしていた。

二階の角部屋に案内された。

狭い室内には一人用のベッドと小さな机と椅子しかなかった。おまけにどれもこれも古い。しかし観察すると古い机や椅子は使い込まれてはいたがよく磨かれていて、古いが大切に扱われているような印象があった。

十八時に一階の食堂に行くと一人分の食事が用意されていた。スープ皿からほのかに湯気が漂い、一切れのパンが置いてある。

傍らに一枚の紙片があり走り書きがあった。

くすりと笑った。

なんとなくあの知恵の輪の女将さんらしいと思ったからだ。

食べた皿は
洗っておく
こと

女将さんの姿はみえない。

自分の部屋で知恵の輪をしているのかもしれない。

ぼくはスープから漂うにんにくの香りに食欲がわいてきた。スプーンで一匙スープをすすった。干した鱈はにんにくの効いたスープと相性が良く胃袋に染みわたった。ごろごろと入ったじゃがいもは煮込まれて柔らかく、タマネギも甘く口の中でとろけた。

食べれば食べるほど食欲がわいた。

女将さんのいうとおりの絶品スープだった。

愛想の悪い女将さんではあったが、あんがい善人かもしれない。

自転車も貸してくれたのだ。

ぼくはこのスープを〈出鱈目スープ〉と名付けた。なんともつかみ所のない一見いい加減にみえる女将さんが作った、繊細で滋養豊富な美味しいスープだからだ。

蝶

あれは、十五になった秋のことだった。

ぼくが美術の課題のためにひとりで宿舎の裏庭の廃棄物置場を漁っていたときだ。手は泥と油で汚れ、首筋に汗が流れていた。

蒸し暑い日だった。

一時間近く探したが同級生がすでにガレキ漁りを済ませていたために、ろくなガレキは見当たらなかった。このままでは課題の作品を作ることができない。それでも、ぼくはあきらめずに使えそうなガレキを粘り強く探した。

先月まで同室だった先輩の言葉が何度も頭をよぎったからだ。

和《わ》音《お》くん
元海軍で除隊後は画家になった祖父が
よく俺にいっていた言葉があるんだ
厳しくて偏屈だったから周りには嫌われていたけれど
俺は祖父のことが大好きだった

これが祖父の言葉だ
覚えておいてくれたまえ

十分歩けばそこは別世界

十分という時間はなんと偉大なんだろうね
和音くん

先輩の戦死を告げられたのは夕食前の食堂だった。

少年兵として先月出兵した先輩は一ヶ月もたたないうちに最前線で地雷を踏んだ、と担任の先生は静かな声で生徒たちに報告した。

全校生徒と教職員たちでお祈りが捧げられた。

ぼくの体はガランドウで、祈ることなどできなかった。

夕暮れ時。

ぼくはガレキの中からひらひらと舞い上がる蝶をみた。

夕焼けに舞う蝶の姿は、まるでこの世のものとは思えないほど青色に輝いていた。

その美しさに目を奪われた。

気がついたらベッドに横たわっていた。

同級生が廃棄物置場で倒れているぼくをみつけてくれたと、あとで聞いた。

夢の中で、ぼくは先輩と会った。

先輩はいつもの優しい顔で笑っていた。

先輩のまわりを蝶がひらひらと楽しそうに飛び回り、そしてぼくの伸ばした指先に音もなくとまった。

その瞬間にぼくは何かを悟った。

何かがこころの中でささやきかけてきた。

その後、ぼくは学校を辞め、

一年間さまざまなアルバイトをしてお金を稼ぎ、

十六で別世界へと旅にでた。

雨と泥と館長と

自転車で映画館に向かっている途中で土砂降りになった。

冷たい風雨は容赦なくぼくに殴りかかってきた。

濡れた身体で映画館に着くと、先日の初老の男がタオルと温かいミルクを出してくれた。

「たいへんでしたね、私のでよければ着替えをお貸しします」

休憩室の片隅にある小さな棚の上にていねいに折りたたまれたシャツとズボン、靴下とスリッパまで用意してくれた。

ぼくはタオルで体を拭き、着替えて、スリッパに履き替えた。

「あの、まだお名前を伺っていませんでした……ぼくは高峰《たかみね》和音《わお》といいます」

「どんな字になりますか？　失礼でなければ教えてください」

「高《たか》い峰《みね》で高峰《たかみね》、和《なご》む音《おと》と書いて和音です」

「とても素敵なお名前ですね」

初老の男は微笑んだ。

「私は一人でこの映画館を切り盛りしています。みなさんは私を館長と呼んでくれます」

初老の男は名前を教えてくれなかった。

それに〈館長と呼ばれている〉って、一体誰から呼ばれているんだとぼくは疑問に思った。

だってぼく以外だれもみたことがないから。

「今日は高峰様だけなので開始時間を遅らせようと思います。ミルクを飲み終えて、トイレに行って、心の準備ができましたら映画館の中にお入りください」

休憩室の椅子に腰掛け、白いマグカップに入った温かいミルクをひとくち飲んだ。借りた衣服はだぶだぶで着心地が良かった。

ほのかな甘みのあるミルクが胃袋に流れ込むと、幸せな気持ちになった。

窓辺には相変わらずガラスの空瓶が置かれていた。

ぼくは少しずつ空瓶に親しみを感じるようになっていた。

それから少しのあいだ、ぼくは空瓶と激しく降り続いている豪雨を交互に眺めていた。

女将さんから借りている自転車は庭先でずぶ濡れになっていた。

ぼくは休憩室に飾られていたポスターをひとしきりながめてから、映画館の中に入った。

すると、開始のブザーが鳴り響いた。

異国の神
輪廻は何を導くのか？
人々の明日を祈る少女の魂のことば
シリンダー・グーテンフォルメ 監督
本年度
世界映画祭
3部門
ノミネート作品
アマンダ・サワキ
ラフカディオ・ザブン オッソ・マッソ
マリア・マリカ・マリモ ドワング・ギャラガ

※その少女の視線の先に映る光景は天国か地獄か。少女は神に選ばれし運命に翻弄され、そして目覚める。シリンダー・グーテンフォルソ監督は、人間は〈本質的な意味での人間という生物〉を理解できるのかを作品を通して観客に問うている。いやそんなことは到底無駄な努力と思っているのかもしれない。グーテンフォルソ監督は自らの作品以上に自身の言動が兎角話題にされがちである。それは監督の性別が明確でないという理由からの俗世間の好奇心である。しかし忘れてはならない。世界映画祭でノミネートされた本作を弱冠十七歳で監督したという事実を。この点だけとってもまさに神に与えられし才能である。

by アズモオナガ（映画説明者）

これは、輪廻転生する少女が主人公の物語。

買い物中に道で車に轢《ひ》かれた少女は死に向かう意識のなかで、見知らぬ国の娘として生まれ変わる。

父母は少女に娘として接し、娘には生意気な弟もいた。

平凡だが幸せな家族の生活に流され、次第に本当の娘として生きはじめる少女だったが、十四の春に難病をわずらい、三年間の闘病の末に息絶えてしまう。

すると、少女はまた別の異国の町の娘として目覚める。

今度は海辺で漁師をしている家族の長女として。

以前の記憶は昔読んだ絵本のようにかすかに残っていた。

死んでは生き返る少女は、あることに気がつく。

それは自分の魂は死なない、肉体は滅ぶとも魂は幾度となく移動を続け、生き続けるということを。

あるとき少女は、男が車に轢き逃げされた事故現場に遭遇する。死を目前にした瀕死の男に《死は恐怖ではない、新たに生まれ変わる》と説き、男の死を看取る。

その少女の姿を目撃した人々が彼女を〈神〉と称え、崇めるようになる。

宗教家となった少女は、苦しむ人々の魂の救済こそが自分に与えられた天命であると悟るのだが、やがて転機がおとずれる。

宗教家としての少女の存在をうとましく思う集団が現れ、少女は射殺されてしまうのだ。

別の世界で生まれ変わった少女は前世同様の人生からふたたび宗教家になり、魂の救済を目指し活動を続けるが、彼女の存在を良く思わない者たちによってまた殺されてしまう。

この繰り返しを五度体験した少女は、人間は愚かな存在で魂の救済は不可能であると悟り、人里離れた森の中で自然死するまで孤独に暮らすことを選ぶ。

命をまっとうした彼女はもう生まれ変わることはなかった。

FIN

それから、ぼくは映画館と安宿の往復をオンボロ自転車に乗って一週間ほど続けた。映画館にはぼく以外のお客をみかけたことは一度もなく、毎回ぼくだけのために映画が上映された。

館長が選んだ作品を、多いときには一日三作品も観させてもらった。眠いときや気分がのらないときは一作品だけ観て、森の中を散歩したり、昼寝をしたり、休憩室にある映画の本を読んで過ごしていた。そして、いつも映画について考えていた。歩いているときも、食べているときも、鼻歌をうたっているときも、雲の流れをみながら、川のせせらぎに耳をすましながら、雄大な山々に深呼吸しながら、観た映画のこと、俳優と呼ばれている作品のなかで役を演じている人たちの表情や演技のこと。

そして、

映画を作る中心人物である映画監督と呼ばれる人はいったいどんな人なのだろうかと思いをはせていた。次に観る作品はどんな物語なのだろうか？　主人公はどんな顔をした俳優でどんな試練を与えられ、そして立ち向かうのだろうか？

そうやってぼくはこの世界にある映画や映画館というものを少しずつ経験していった。

ラスタミズ監督
ねむい湖
おやすみ にんげん
エレノア・ザシューター
オリビア・カケル
ハリス・ハイアット
ギャビー・ドウ

※ジェホーマー・ギャラガスというプロデューサーをご存知だろうか。本作はもちろんのこと近年では『ツルコエ』『恥ずべき大陸』『マカロニマン』『螺旋状のガバロッス』などの怪奇現象をテーマに描いた全ての作品は、彼の製作によるものである。我々人類が明確に異星人の存在を公に認めることになったあの〈真夜中の豪雨事件〉は今でも記憶に新しい。ジェホーマー・ギャラガスが作ろうとしている作品は、常に世界や人類が次なるステージに移行しなければならないあの忌わしい出来事に絡んでいる。彼は人類の未来を何らかの手段で知り得て、私たちに警告しているのではないだろうか。本作『ねむい湖』がもたらす壮絶かつ凶悪なラストシーンに、観客は悲しみを抱くと共に絶望するに違いない。

by アズモオナガ（映画説明者）

塩分は水の量に対して1%
ぼくをアルデンテに茹でてください
トゥーティートゥーティー
マカロニマン
MACARONIMAN
突然変異で誕生した
激うまスーパーヒーロー?
ジキルニー・ハース　キリコ・グース・クワイエ
アレックス・ラーズベリ　スキュリュス・パーソン　シルベスター・アッギャム

※ひとりの青年がある日とつぜん全身がマカロニになってしまうという一見奇想天外な物語だが、底辺に流れているテーマ（らしき）代物は〈全世界の飢餓問題〉という装いをしている。しかし、真意のほどは皆目わからない。なぜならば注目すべき点は本作を監督したのが鬼才トゥーティートゥーティーであり、プロデュースしたのがジェホーマー・ギャラガスだからだ。この強烈な個性を放つ曲者がタッグを組んだだけあり、平凡でコミカルなタイトルの裏に隠されているメッセージ〈人類が自らを非難する自虐行為〉に満ちている。随所に前後無関係なセリフやシーンを混ぜ込み、観客の好奇心をかき立てる手法はすでに定番になっているが、その謎や暗示の説明を監督もプロデューサーも一切の黙秘で貫いている。それに過剰に反応している観客達の憶測が世界中に飛び交い、空前のヒットと化した。本作誕生に仕掛けられた多くの謎がひとつだけ解答されているとするならば、相乗効果でパスタ業界が莫大な恩恵を受けたことである。

by アズモオナガ（映画説明者）

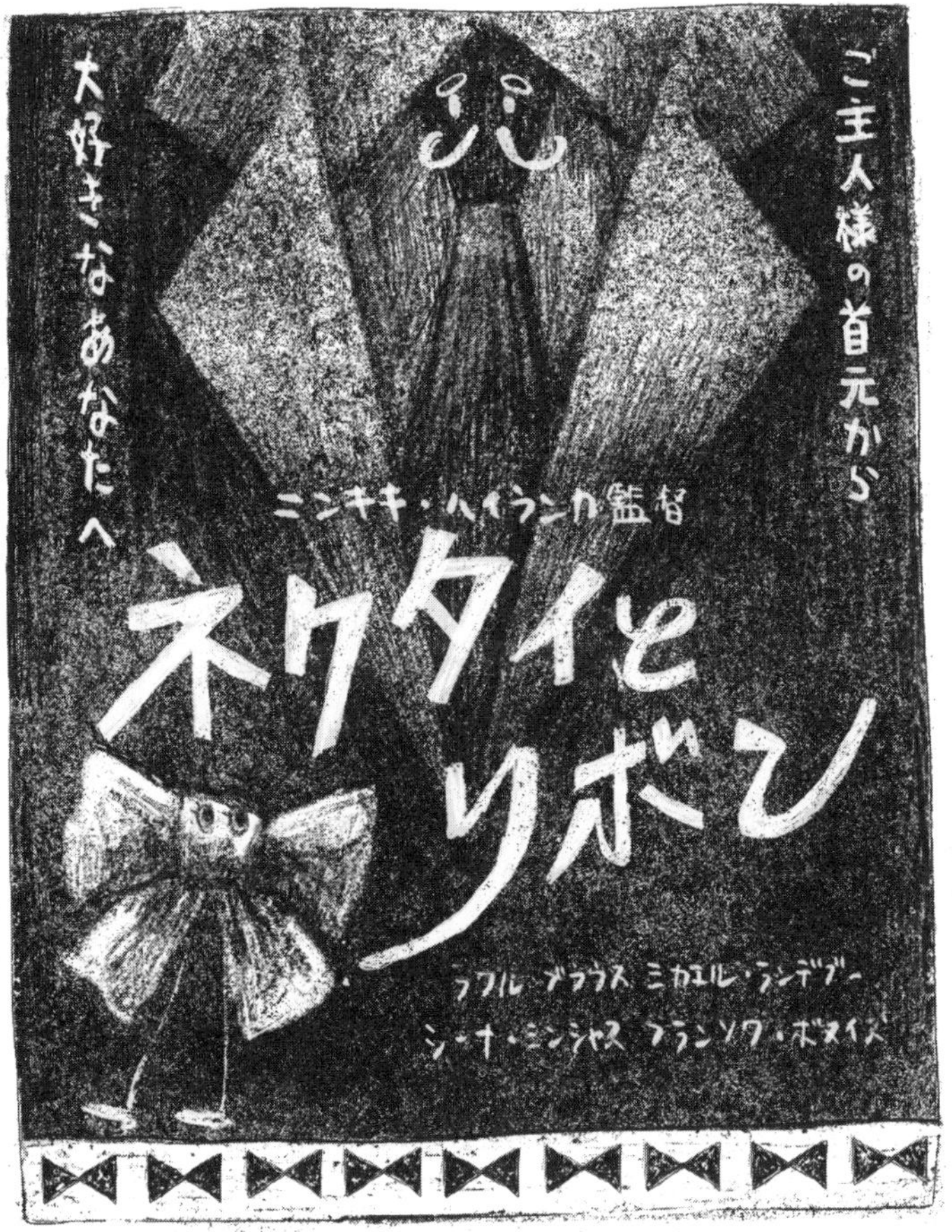
ご主人様の首元から
大好きなあなたへ
ニンキキ・ハイランカ監督
ネクタイとリボン
ラフル・ブラウス ミカエル・ランデブー
シーナ・ミンシャス フランソワ・ボヌイズ

※「この作品は幼い娘に宛てたパパからのラブレターである」とニンキキ・ハイウンカ監督は取材に答えていた。「パパとママはどうして結婚したの?」四歳の娘がある日唐突に質問してきた。しかし監督は照れ臭くてうまく答えることができなかったと言う。その日から正しい解答を探す迷路に迷い込んだ監督は、映画制作が未経験であるにもかかわらず八年の歳月をかけて単独でクレイアニメーションを制作。それが八年越しの監督から娘へ宛てた返事である。中年のネクタイが出会った美しいリボン。ネクタイが監督でリボンは監督夫人であることは言うまでもない。すでに十二歳に成長した娘に「パパとママが出会った物語を観てほしい」と家族三人で完成披露試写会を自宅のリビングで開催したそうだ。その作品が世界アニメーション映画祭で最優秀賞を取ったのだから人生は捨てたものではない。

by アズモオナガ（映画説明者）

地下フィルム倉庫

休館日の映画館っていったいどうなっているんだろう？

館長はなにをしているんだろう？

そう疑問に思ったので、その日の上映は休みと知りながら訪れてみた。いつもであれば初回の映画が始まっている時間帯に、館長は庭の植物たちに如雨露《じょうろ》で水をあげていた。

「雨、降らないですね」と館長は苦笑いをした。

季節は少しずつ移りかわっていく。

風が冷たい。

「そういえば、むかし雨が降りやまない町に住むクセ毛少年のパニック映画がありました。えと、なんというタイトルでしたか……そうだ、たしか『髪型が決まらない！』でした。B級映画ですが楽しい作品でした。きっとフィルム倉庫にあると思います」

「ラストはどうなるんですか？」と素朴に聞いた。

「そんなこと絶対に教えられません」館長は笑った。

「実は明日以降の上映作品に悩んでいたんです。毎日高峰様が観に来てくれますから。お昼を食べてからフィルム倉庫を探してみますね」

「フィルム倉庫なんてあるんですね」

「もちろんです。映画館の地下深くに」

「ぜひ見学させてください」

好奇心をおさえることができず、ぼくは図々しくお願いした。

初めて入室する事務室は想像していたよりもはるかに簡素だった。事務机と小さな棚があるだけの狭い個室。地下のフィルム倉庫へ通じるドアはその事務室の突き当り奥にひっそりとあった。

「先に行っていてください。所用をすませたらすぐ行きます」

館長はそそくさと事務室から出ていった。

ドアを開けるとひんやりとしていた。

借りた懐中電灯で足下を照らしながら細く狭い階段を降りて行く。きっと以前は地下牢だったに違いないと思いながら、不気味な石造りの古い階段をゆっくりと降りていった。

しばらくすると腐りかけた木製のドアが、ぽつんと明りに照らされていた。

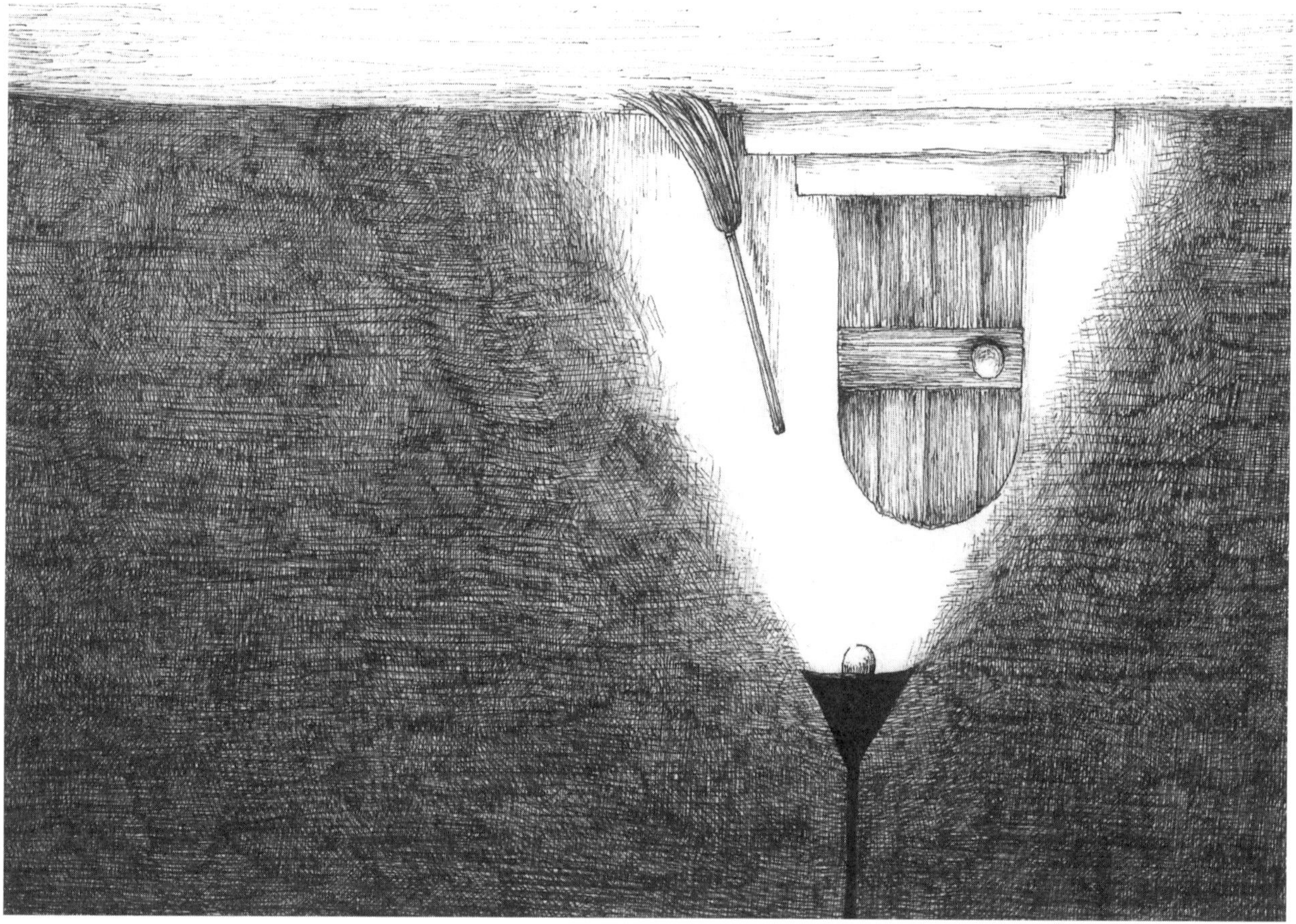

影《かげ》猫《ねこ》

ゆっくりと、ドアを開けると、《ようこそおいでくださいました》とドアのきしむ音がそう聞こえた。子供っぽい可愛い声みたいに。

でもそんなわけがない。もう何年も開けられていないドアの音のように聞こえたが、毎日フィルムを取り出しに館長が来ているのだ。

ドアの向こうで、空気が一変した。

ぼくはまるで巨大なクジラに飲みこまれ、その体内にいるようだった。あの古ぼけた映画館の規模からは想像できないほど、ここは巨大な地下室になっていて、ところどころに薄ぼんやりと明かりが灯っていた。

その薄明かりに壁のようなものが浮かびあがっていた。

いや、よく目を凝らすと壁ではなく、大きな棚が無数にそびえ立っていた。大きな棚は無口な兵隊みたいに規則正しく整然と直立して並んでいた。おそるおそる棚に近づいて観察してみると、そこには丸いアルミ缶が無数に積み重なっていた。

きっとこの中に上映素材のフィルムが入っているのだな、と思った。フィルム缶は埃の毛布に包まれて静かに眠っていた。

ぼくは足下に注意しながら地下倉庫をうろうろと歩き回っていた。一定のリズムでコツコツコツと足音が響いた。

ふいに立ち止まってみた。

でも、

コツコツと足音がまだ響いている。

足音がやまびこのように反響しているようだが、なんか不自然だ。

懐中電灯でうしろを照らしてみた。

すると、一匹の猫が足下にみえた。

すぐさま猫は明かりから消えた。

「まぶしいじゃないか」と暗闇から子供のような声がした。

ぼくは声に向かって明かりを照らした。

全身真っ黒な小さな猫がこちらを（おそらく）みていた。

それはまるで影だけのように黒々とした猫の形をしていた。

「まぶしいからやめてくれないか」と影猫がいった。

「あ、ごめん」とぼくは懐中電灯を消した。

「すぐに目がなれるよ」と影猫はいった。

しばらく沈黙して、暗闇に目を凝らしていた。

でも、視界は真っ暗なままで次第に気持ちが不安になってきた。

「きみに向けなければ明かりをつけてもいいかな？　なにもみえないんだ」

ぼくは影猫の気配を感じる足下にお願いをしてみた。

「不便なものだな」と影猫はいうと、

「なら、おまえの足下だけならいいよ。気をつけて照らせ、〈みんな〉驚くから」といった。

「ありがとう」

ぼくは気をつけながら懐中電灯の明かりを足下に移動させた。

みんな？

「こんにちは」改めてぼくは暗闇にいった。

「こんにちは」と暗闇から挨拶が返ってきた。

「きみはここでなにをしてるんだい？」

「話せば長くなるけど聞くかい？」影猫が答えた。

「長いなら聞きません」

「遠慮しないで聞けよ。ある日、館長と出会ってしばらくのあいだこの映画館で働かせてもらうことになったんだ」

沈黙。

「おわり？」

「おわりだ。文句あんのか」

「長いっていってたから」

「自分の尺度で物事を決めるな、オレにしては宇宙規模に長い話さ。ところでおまえこそだれなんだ？」

「ぼくは高峰和音。映画を観にきたんだ。君の名前は？」

「名前は秘密だ。フィルム倉庫を管理しているものだ。ここはフィルム倉庫だから上映はしない。客なら上の映画館に行くんだな」

「館長の許可をもらってここを見学にきたんだ」

「それを早くいえ。ならついてこい」

影猫は（おそらく）ぼくの足下をすりぬけて前に進んだ。

しかし、ここの映画館にいる人たちは（猫みたいな影までもが）名前を教えてくれない。まったくぼくは名乗り損だ。

ここには名作・傑作・駄作・愚作を含めて一億作品以上の映画のフィルムが保管されている、と影猫は自慢げに地下室を案内しながらいった。

「ま、ここはこの星の短い歴史そのものだな」

薄暗い巨大な地下室、その両脇にビルディングのようにそびえ立つフィルム棚のあいだをひたすらまっすぐに突き進んだ。

影猫は独り言のように話を続けた。

「なんて題名だったかなぁ？　忘れたけど、初めて観た映画だ、太った醜い人間がいろいろとブッ壊して食べる話だった……訳あってこの映画館に忍び込んだときに偶然上映していたんだっけな……暗いなかで汚い映像と変な物語だったけど、ついつい釘付けになっちゃってさぁ、暇つぶしに悪くなかったし。それから別の作品なんだけどあんなのもあったな……変人が大勢集まってサーカス団を結成したんだけど……」

影猫はとても映画が好きで、とても映画に詳しいようだった。

だってしばらく真っ暗闇の中で映画の話が止まらなかったんだから。

働く影は踊るように

突き当たりの暗がりにひとつの人影がみえた。弱い暖色系の照明が薄ぼんやりとあたりを照らしていた。その人影はホウキで薄暗い地下室を掃除していた。

「ごくろう」と影猫は上司きどりで声をかけた。

彼はこちらに気がつき、ホウキを掃く手を止めて顔を向けた。彼も影猫と同様に影にしかみえなかった。

地下室の突き当りは休憩室のような小さな空間になっていた。部屋といっても扉があるわけではなく、質素な木製の机と椅子があるだけ。傍らには破れているソファもあり、ブランケットが乱雑に置いてある。あまりにも照明が弱々しいので、なにもかもぼんやりとしかみることができない。ぼくは影猫と影人《かげびと》に気をつかって懐中電灯のスイッチを消していた。

そして、その影人の姿形はどことなく見覚えがあると感じた。

「こんにちは」ぼくは影人に挨拶をした。

しかし影人はぺこりと頭を下げただけで、どこかに行ってしまった。よく目を凝らしてあたりを観察すると、いくつもの人影や小さな動物らしき影がフィルム棚の隙間にたくさん泳いでいるようにみえた。

「大勢ここにはいるようだね」とぼくはいった。

「みえるのか、すごいな」影猫はうれしそうにいった。

「だいぶ目がなれてきたみたいだ」

「みんな、ここでフィルムを守るために働いてるのさ」

さっきいたホウキの影人はどこかで湯を沸かし、紅茶を入れてきてくれた。

温かな紅茶が机にそっと置かれた。ぼくはお礼をいったが、影人はなにも応えなかった。

「フィルムを守る仕事って、たとえばどんなことなの？」

「温度や湿度の管理が基本だけど、いちばん大切なのは（ものがたり）を守ることかな」

「（ものがたり）を守る？」

「そう。フィルムに焼き付けられた（ものがたり）はほっとくと腐って（わるいものがたり）になってしまうからな。おまえたち人間と同じさ」

どうやら影猫は人間に対して偏見があるようだ。

間違ってはいないと思うけど。

「それはどんなことをするの？」

「言葉で説明なんかできないよ、おまえもいつか自分でやってみるといい」

もう一度ぼくは目を凝らして、フィルム棚で働いている影たちを観察してみた。影たちは忙しそうに動き回っているようにもみえたし、楽しそうに遊んでいるようにもみえた。

ふわふわと漂っているようにもみえたし、優雅に泳いでいるようにもみえたし、ほがらかに踊っているようにもみえた。

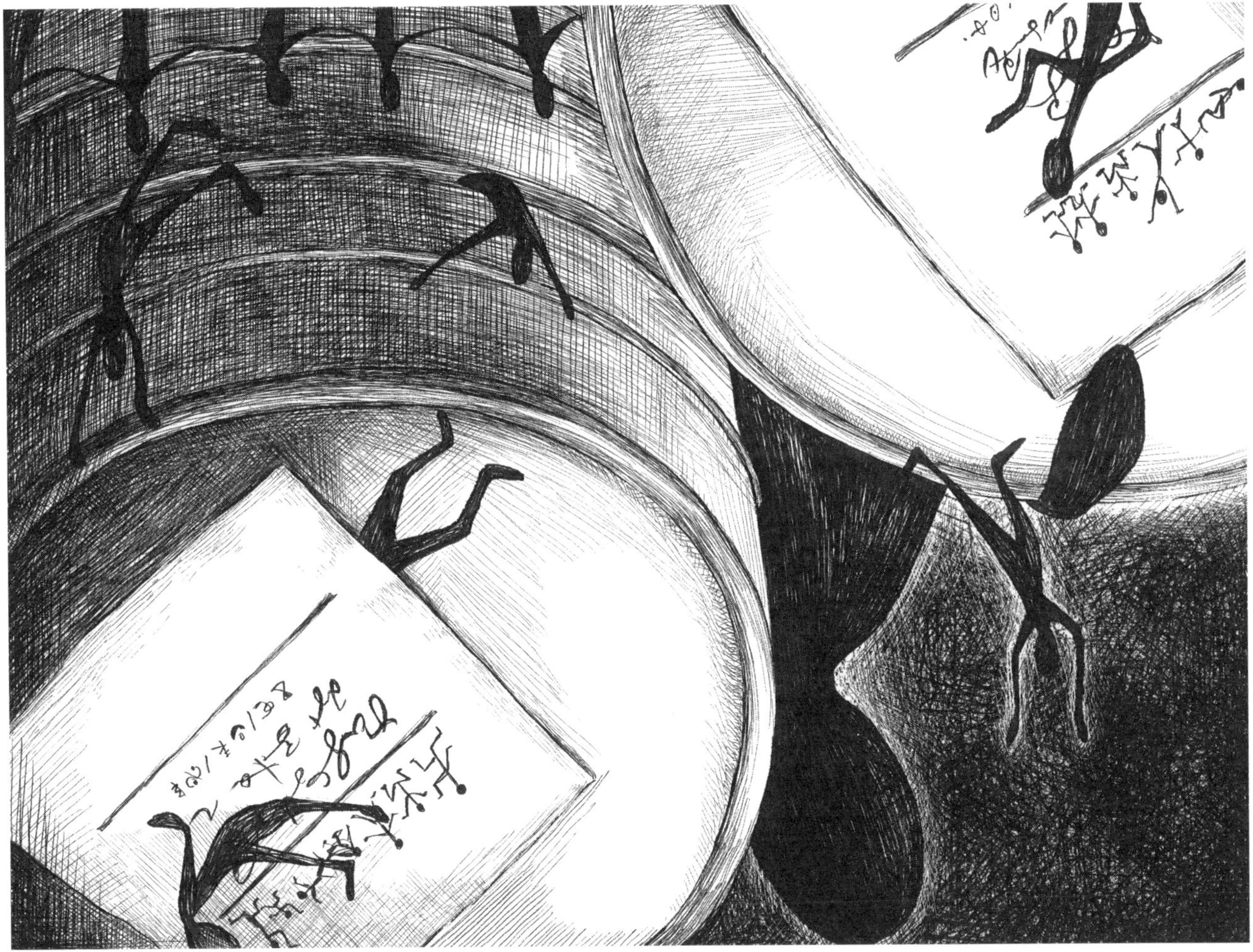

「ところでどうだい？」影猫がいった。

「なにが？」

「映画だよ、映画。たくさん観てんだろ？」

「まだ十五作しかみていないよ」

「よく本数なんかをおぼえているな？」

「メモしているからね」

「なにがおもしろかった？」

「どうかな……まだよくわからなくて」

「なんかあるだろ」

ぼくはいくつかの作品名をあげた。影猫は黙って聞いていた。表情はみえないが、満足そうに微笑んでいるように感じた。

「いい映画とたくさん出会ってくれよ、館長が選ぶ作品を信じてな」

わかった、とぼくは返事をした。

館長を信じるかはまだわからないけど、いまのところ疑う理由も特にない。

「ひとつ質問してもいいかな？」

ぼくはこころに引っかかっていることを聞いてみたくなった。

「やだけど、いいよ」と影猫は答えた。

「ぼくはここに来て初めて映画と映画館というものを知ったんだ。でも、この映画館は古くからあるみたいだし、フィルムというものもこの地下にこんなにもたくさん保管されている。不思議なんだ。さっき、きみは〈この星の短い歴史そのものだ〉っていっていたけど、歴史ってそれなりの時間経過が必要だし……でも、ぼくも、ぼくのまわりのみんなも映画や映画館ってものをまったく知らなかったんだ。それってここにしかない存在のものかもしれないんだけど、なんかしっくりこなくて……たとえば、まるで〈ぼくの故郷がある世界〉と〈この映画館のある世界〉が別みたいに感じるんだ」

「だから、なんだ？」影猫はぽつりといった。

「それがどうかしたのか？」

まるでぼくの質問の意味がわからないといったように。

「腹が減ったらごはんを食べる。なんで腹が減るとごはんを食べるんだ？　とオレには聞こえるけど」

「そういうことじゃないんだ」

「おなじだよ」

「なにか特別なものをこの映画館に感じるんだ。理由はわからないけど」

「あせる必要はないよ」

「でも……」

「いまおまえにはなにがみえている？」

「きみや棚、それにほかの影のような人たちがぼんやりとみえる」

「いまみえている暗闇は怖いか？」

「特に怖いとは思わないよ」

「暗闇にもいろいろな種類があって、いまみえている暗闇は万物を安定させる調和のような暗闇だ。目をつぶってみな」

ぼくは目を閉じた。

すると瞼の裏側に広大な宇宙がみえた。

いや、みえたような気がした。

「その暗闇はどんなだい？」

ふと目を開けると影猫の姿がなかった。

あたりを見回しても、みえるのはフィルムが陳列されている大きな棚だけ。

「ここにいたんですか、探しましたよ」

館長が暗闇から浮かび上がった。

「心配しました。迷子になったかと思って」

「すみません」

いつの間にかソファで眠っていたみたいだ。

「寒いですよね、ここは」と館長。

「大丈夫です。そんなに寒くありません」

ぼくは〈紅茶をもらいましたから〉といいかけたが、机にティーカップが無いのに気づいた。

影たちの姿もどこにもない。

あれは夢だったのだろうか。

「ここはずいぶん深いですし、広いですしね。でもフィルムのためには涼しくて湿気が少ないほうがいいんですよ」と館長は影猫と同じことをいった。

「そうなんですね」とぼくはいい、〈ものがたりが悪くならないように守ることも〉とこころの中で付け加えた。

「好きですよ、ここ」とぼく。

「ありがとうございます。静かで、暗くて、フィルムがたくさんあって。みてのとおりここには物凄い数の映画のフィルムが上映を待ち望んで眠っています。すこし埃っぽいかもしれませんが」

館長は苦笑いを浮かべたように思えた。

「『髪型が決まらない！』はみつかりました。でももっと面白い、きっといまの高峰さんにぴったりな作品をみつけました。とても短い作品ですから編集もすぐ終わります。よかったらいまからご覧になりませんか？」

「休館日なのにいいんですか？」

「もちろんです」

「ありがとうございます」とぼくは答えた。

「そのまえに上に戻って、まずはお茶であたたまってください。美味しい紅茶がありますから」と館長はいった。

ぼんやりと浮かぶ館長の姿は、あの影人によく似ていた。

ぼくは休憩室で館長の淹《い》れてくれた温かい紅茶を飲みながら、いまから上映される映画のポスターをひとしきりながめた。空になったティーカップをテーブルに置いて、場内に入った。

すると、すぐさま上映開始のブザーが鳴り響いた。

DESTROY
AND
EAT
衝撃!!
破壊して食らう男の純愛——
世界を虜にした天才デビュー作
圧巻の95分
エド・マッツ
アナスタシア・ガーシュイン
フォアキン・ラジャ
ジングルベル・グラリコ
ダガ・オコノギ
ロイロイ・チャンパ監督
デストロイ・アンド・イート

※ロイロイ・チャンパ監督は平凡と戦う男だ。裕福な家庭に育った彼は何不自由なく青春時代を過ごす。街一番の私立大学を卒業した彼は電気製品会社に二年ほど勤めた後、突然旅に出る。彼曰くひたすら北を目指しただけだそうだ。そして旅をしながら書いた脚本が本作『デストロイ・アンド・イート』である。帰国後、彼は自ら資金を調達し、まったくの未経験で監督デビュー作品を制作。見事ジャンボリー国際映画祭新人監督賞を受賞する快挙を成し遂げる。「あれはとても寒い日だった。森の中で雨宿りしていたらこの物語が唐突に降りてきたんだ。前から知っていた話みたいに頭の中にさ、こう映像としてみえてきて。不思議だった。脚本なんか書いたことなかったけど、だから心からワクワクしたのさ」と自伝で振り返っている。彼は自らを平凡な人間と呼び、短い生涯を映画制作と慈善活動に徹した。

by アズモオナガ（映画説明者）

これは、田舎町に住む何かを破壊した後でないと食事をすることができない体質の太ったサイコパスの孤独な中年男、ラミネータ・バブスンが主人公の物語である。

ある日、ラミネータは森でロールスロイスの中で眠っている美女ミアモーレと出会う。ラミネータは彼女に対して激しい破壊衝動にかられるが、なぜか自宅に運び、傷ついたミアモーレを手当てして介抱する。自分でも理解できない初めての感情に戸惑いながら、全破壊衝動をロールスロイスに向けるが、ロールスロイスはまったく壊れず、傷ひとつ付けることすらできない。

いつしか傷が癒えたはずのミアモーレだったが、目覚めることはなかった。ラミネータは何かにとりつかれたように斧やドリルなどの道具を使って毎日ロールスロイスの破壊を試みるが、いっこうに壊れることがない。

精神的に追い詰められたラミネータは豆入りの薄いスープなどの貧相な食事しかとれなくなり、日に日に痩せていく。

すっかり痩せ細り、別人のようになった彼の前に村の若者たちが現れて、ロールスロイスを破壊しようとする。それを止めに入ったラミネータは若者たちにあっさりと殺されてしまう。興奮状態の若者たちは、いともたやすくロールスロイスを破壊してしまう。

バラバラになったロールスロイスの瓦礫の中で息絶えるラミ

ネータ、遠くでその彼を優しい瞳で見つめる姿があった。

ミアモーレだ。

彼女はラミネータのそばにゆっくりと近づき、
その汚れた醜い唇に、そっと唇を重ねる。

THE END

お金では買えない入場券

この晩の夕飯は、じゃがいもとソーセージの塩スープと硬いパンだった。食事をしながらぼくはいままで観てきた映画を思い返していた。この安宿に宿泊してから三週間は過ぎただろうか。そのあいだに観た映画は二十五作品になる。さまざまな物語と触れることができた。正直にいうと映画というものがまだあまりわかっていない。映画とは映像に言葉と音楽を融合させたものをいい、そこにはたいてい物語というお話がある。

登場人物（特に主人公という中心人物）に感情移入して楽しむ娯楽品のようなものなのだ。しかし娯楽だけというわけではなく、その創作による表現方法で映画の姿はいろいろと変化する。だって主人公がいなかったり、ぜんぜん楽しくない作品もあるから。

短い作品もあれば、長い作品もあり、面白さは作品の長さには比例しない。先日みた『メッタ打ちされたエースピッチャー』という人形アニメは十五分程度の短編だったがまあまあ楽しめた。

それに対して『雷雨《らいう》乱咲《みだれざ》き』という恋愛喜劇がテーマの作品は四時間近くあったが、実に退屈で仕方なかった。

でもぼくは毎日、映画館の暗闇の中で映画を観つづけた。

ぼくは、ポケットにしまっていたフィルム片を取り出し、食堂の裸電球に照らした。

そこには銀河マリーゴールドシネマが映っていた。

ぼくはアル中の父親と読書好きな母親のもとに一人息子として生まれた。家庭環境としては中の下あたり。家庭環境なんて良し悪しあれば、受け止めるこちら側の問題が大きい。多少貧乏で暴力や差別もあったけど、なんとか高校まで行かせてもらえたから感謝している。途中で辞めてしまったことに罪悪感はあるけど。

十五のときに学生寮の裏にある廃棄物置場で青い蝶をみてから、自分が自分ではない、特定できない存在だと思い始めて戸惑うようになった。気が触れたのかもしれないと思ったが、一週間もすれば不思議に自然と受け入れることができた。受け入れられたこと自体、すでに気が触れていたのかもしれない。

しかしぼくはなにかに突き動かされる存在になっていた。

そういう感覚に強烈に支配されていた。

父親は進学も就職もしないで突然旅に出たぼくを見捨てたが、母親は心配してくれた。

旅の途中の出来事。

目的地などわからない旅。
ただひたすらに歩みを進めていたぼくは、
ある夕暮れ時にひらひらと舞う青い蝶をみつけ、追いかけた。
この機会をのがしてはいけないということは瞬時に理解した。
あの校舎裏の廃棄物置場で青い蝶と出会ってから、
ぼくにとってそれは神聖で尊い存在になっていたのだ。
ある殺風景な街の路地裏に入った青い蝶は、突然姿を消した。
細く薄暗い路地裏を見回したが、青い蝶はどこにも見当たらない。
焦りからか首筋に汗がにじんだ。
ごそりと足下になにかがぶつかった。
驚いてみると浮浪の老婆の衣服を踏みつけていた。

「あ」

ぼくは頭の上から変な声をあげた。
老婆は具合が悪そうに壁にぐったりともたれかかっていた。
煉瓦の壁によりかかり、薄い布を何重にも頭からかぶっていた。
老婆はゆっくりと顔を上げてこちらをみた。
浅黒い顔から細い目がぎょろりと光った。

「たべものをくれ……」

しぼりだすようなかすれた声で老婆はつぶやいた。
みすぼらしい衣服から放たれる強い臭いがぼくの鼻を突き刺した。
痩せてしわくちゃな顔は日焼けと泥で醜く汚れていた。
老婆は小さく唇を動かし、ふたたびなにかをつぶやいた。
ことばは聞き取れなかった。
そのかわりに不気味に微笑む老婆の表情が目に焼きついた。

ぼくはとても怖くなって、足がすくんでいた。
どうしたらよいのかわからなかった。
そして、力をふりしぼってその場から逃げるように立ち去った。

呼吸が乱れていた。
息が上がり苦しかった。
気がつくと街灯の明かりに蛾が群がっている様子を見つめていた。
日暮れが迫っていた。
だいぶ走ったようだ。
あと十分もすれば辺りは夜の闇につつまれてしまう。
ぼくは街灯の下に棒立ちになり、
混乱した気持ちを落ち着けようとしていた。
老婆の微笑んだ表情が脳裏に焼きついて離れなかった。
そして、なぜか老婆の顔と母親の顔が重なっていた。
ぼくは自分がひどく残酷な人間であるように感じた。
苦しんでいる老婆の衣服を踏みつけ、
食べ物を求めていたのに逃げ出し、勝手におびえていた。
月の光が誰もいない街角を明るく照らしていた。
街灯に群がる無数の蛾は
これからどんな生涯を歩むのだろうかと思った。

すると声が聞こえた。

「和音くん、十分歩けばそこは別世界になるんだよ」

ぼくは年老いたあの人がいた路地裏へ引き返していた。
「これをよかったら」
鞄からパンとチーズと水筒を取り出し、
その女性の足下にそっと置いた。
彼女はうなだれて黙ったまま微動だにしなかった。
ぼくは無言でそのまま立ち去ろうとした。
そのとき、
年老いた彼女は骸骨のような細い右手をゆっくりと宙に舞い上げた。
すると、どこからともなく先ほどの青い蝶が現れて、
彼女の指先にそっと止まった。
彼女はゆっくりと顔を上げ、ぼくの顔をじっとみつめた。
慈愛に満ちた母親のようなやさしい表情だった。
「お取り」
ぼくはその指先にいる青い蝶の羽を優しくつまんだ。

そのあとのことはあまり覚えていない。
ぼくは街から離れて夜道をひたすら歩いていた。
無心で足早に歩いていた。

ふと我に返ると、右手に違和感があった。
路地裏の出来事はすでに遠い記憶のようだった。
青い蝶をつまんでいたはずの右手には、
いまでは一片のフィルムが握りしめられていた。

ボニータ・マーガソン監督
骨オリジーン
意地悪ばかりの
世界はいつも
くたびれて
もうからない
アンソニー・ペパミン
ムファロ・ユム　ファム・マンドロス　ジャッキー・ラナン
キルペパー・トゥーリオ

※「私の父親は常に貧乏くじを引くタイプで、よく騙されて損ばかりしていました。でもいつも笑っていたから家庭は明るくて（母親は呆れていましたが）、幼い私はそんな父親が大好きでした」とボニータ・アーガソン監督は語る。本作は彼女の父親がモデルだ。父親は監督の幼少期に「世界中のみんなが幸せになれば意地悪はなくなるよ」とよく口にしていたらしい。ラストシーンで少女が失くした赤いボタンを見つける場面は監督自身の思い出なのだそうだ。「意地悪な男の子が、私のお気に入りのコートのボタンを千切って捨ててしまって。泣いて帰ったら父親がすぐ探そうって公園に行って、暗くなるまで一生懸命に探したら四つ葉のクローバーの上にお花が咲いたみたいにちょこんと乗っかっていて。きっと神様がこの素敵な時間を作ってくれたんだと思った。この記憶がこの物語の発想の原点かな」損することや何か失うことは同時に徳をすること何かを得ることにつながると監督は語る。それは金品や権威とは真逆の尊いものであると考える。「お人好しは父親似かもね」と監督は笑った。

by アズモオナガ（映画説明者）

これは、実直な性格で努力はするのだけれど何もかもうまくいかず、まわりから常に見下されている男ケチャック・モノリスが主人公の物語。

そんな彼にも唯一の特技がある。それは生まれつき丈夫な肺を活かして一秒でビニール風船を大きく膨らますことだった。

子供好きの彼は時々近所の公園に行っては、大道芸人のようにその特技を子供たちに披露して楽しませていた。

ある日、そんな彼にテレビ番組に出演して特技を披露してほしいという話が舞い込む。喜び勇んだ彼だったが出演当日にテレビ局に爆破予告があり収録は中止に。

意気消沈して歩いていると迷子の子供を発見。

その子供をなんとか家まで送り届けると、子供の母親から誘拐犯と誤解され警察に通報される始末。警察署で長時間の事情聴取の後に解放されたものの、時はすでに深夜。

街をうろつき、疲労困憊の末にやっとみつけたレストランに入るが注文した料理がいつまでたっても出てこない。

トイレに行くふりをして厨房をのぞくと自分の作る料理に自信を失くした料理長の女性が泣きじゃくっていた。

食事をあきらめて空腹のまま途方に暮れる彼は、真夜中の街をとぼとぼと歩き、巡回中の警察官から二度職務質問を受ける。

こんな夜は早く帰宅するに限ると足早に夜道を進むと、前を歩いていた女性に痴漢と間違えられて思わず全力疾走で逃げてしまう。

三回転倒して手と足をすりむき、走りつかれて呼吸を整えているとケチャックの目から突然涙があふれだす。驚き、戸惑う彼の前にひとりの少女が現れ、「お役目ごくろうさまでした。そろそろ交代ですよ」と彼に微笑みかける。

状況が理解できず呆然としているケチャックは、「ごめんなさい、まだ大丈夫です」と思ってもいないことを咄嗟にいって涙を服の袖でぐいぐいと拭う。

「無理は禁物です。だってあなた、もうボロボロですよ」

「きみは、だれですか？」

「あれ、お忘れですか。そうですよね、お仕事中ですものね」

そういうと少女は、ふっと彼に息を吹きかける。

すると彼の脳裏にある映像が駆けめぐる。

走馬灯のように、映画のダイジェストシーンのように。

それは彼のいままでの人生のあらゆる不幸が、見知らぬ誰かの幸福と引き換えになっている映像だった。彼がこころに傷を受ければどこかの誰かが救われて、彼の体が怪我をすればどこかの誰かの病気が癒えた。

「来るべき大きな災いに向けて、いまは休まれたほうがよろしいと思います。だいぶ酷使してきましたから。その代わりをしばらくわたしがお引き受けいたしますので」

少女は彼を気遣《きづか》うようにささやき、笑顔をみせた。

無言でいるケチャック、しかしその表情は何かを悟ったような清々しさであふれていた。

「しかたありませんね。では、ルールですからいつものをお願いします」と少女は笑顔のままいった。

「わかってくれてありがとう」

彼はこの世界での自分の役割を思い出したのだ。

そういうとケチャックは落ちていた小石を拾い、軽く空中に投げると、ふたたび小石をキャッチした。

少女の姿は消え、もとの明け方近いありふれた景色に戻っていた。

週末の公園で、子供たちに風船を膨らましてプレゼントしているケチャックがいた。ある男の子がその風船を次々に意地悪く割ってみせた。

それをケチャックが優しく注意すると男の子は石を拾って彼の顔めがけて投げつけた。ママ友とおしゃべりをしていた母親はその様子を見て血相を変えて息子に駆け寄り、謝りもせずに公園から出て行った。

ケチャックが石のぶつかった額を指先でこすると、かすかに血が流れていた。

彼はふと目線を先に向ける。

公園の隅で女の子が泣きながら落とし物を探していた。

「あった」と嬉しそうに落とし物を見つけた女の子が手を伸ばす。

四つ葉のクローバーの上に小さな赤いボタンがのっていた。

THE　END

映画館の仕事

「映画館って、いったいどんな仕事をしているのでしょうか？」

映画をみているだけでは飽き足らず、ぼくは映画館の仕事について興味を持ちはじめていた。

いつの間にか季節はうつろい、黄葉した木々の葉が絨毯のように大地に敷きつめられていた。そんな穏やかで爽やかな日に館長が選んだ上映作品は、ボニータ・アーガソン監督の『骨オリゾン』という不思議な味わいのある映画だった。以前『ハズレの庭で』という作品をみたことがある。こちらは皮膚収集家の奇人の悲劇で、どちらもつかみどころのない奇妙な物語だった。

「映画館の仕事にご興味が？」

館長はぼくの顔をのぞきみた。

「もちろんです。ぼくにとって映画も映画館も謎だらけですから」

家は人が住んではじめて家本来の姿になる。ご飯はおいしく食べてはじめて体の栄養になる。映画は映画館のスクリーンに映されてはじめて映画になる、そんな気がしていた。

「映画は毎日観せてもらっていますが、映画館ってどんな仕事をしているのかとても知りたくなりました」

館長は腕時計をちらりとみてから、ぼくに微笑んだ。

「少しお待ちください」

そういうと事務室に戻り、古く傷んでいるノートを数冊持って来て、休憩室のテーブルにどすんと無造作に置いた。

「これは上映記録帳の一部です。倉庫にはまだたくさんあります。どうぞ、遠慮なくご覧ください」

「ありがとうございます」

一冊を手に取り、ぼくはページをパラパラとめくった。

そこには「上映日程」「作品情報」「内容」「動員数」「感想」がていねいな文字で書きこまれていた。

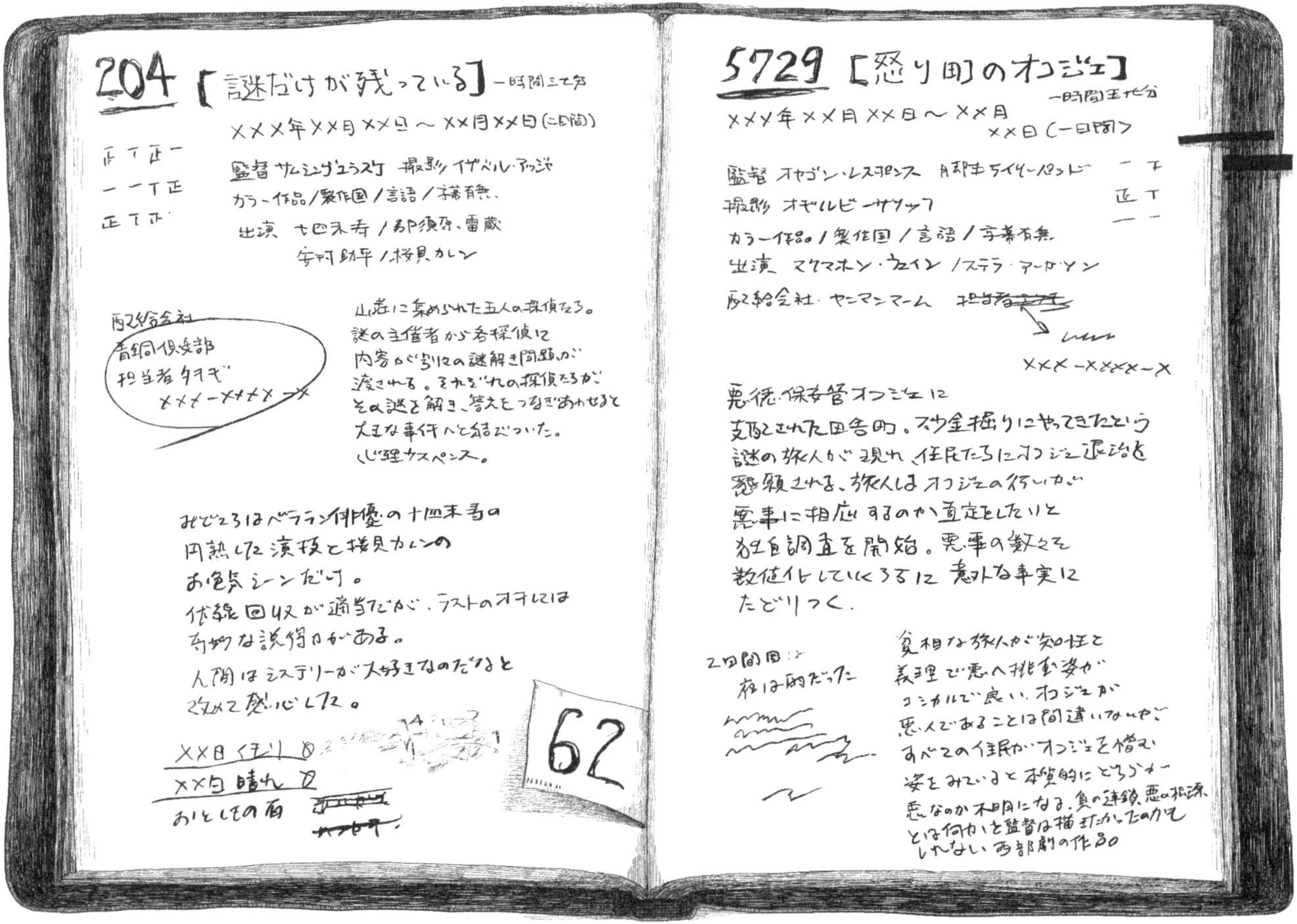
204 【謎だけが残っている】一時間三七分
×××年××月××日～××月××日（二日間）
監督 サムシングユウスケ 撮影 イザベル・アッジャ
カラー作品／製作国／言語／字幕有無、
出演 七四未寿／部須原、雷蔵
安村助平／桜貝カレン
配給会社
青銅倶楽部
担当者 タキギ
×××－××××－×
山荘に集められた五人の探偵たち。
謎の主催者から各探偵に
内容が別々の謎解き問題が
渡される。それぞれの探偵たちが
その謎を解き、答えをつなぎあわせると
大きな事件へと結びついた。
心理サスペンス。
みどころはベテラン俳優の十四未寿の
円熟した演技と桜貝カレンの
お色気シーンだけ。
伏線回収が適当だが、ラストのオチには
奇妙な説得力がある。
人間はミステリーが大好きなのだなと
改めて感心した。
××日 くもり
××日 晴れ
おとしもの有
62
5729 【怒り町のオコジェ】
一時間五七分
×××年××月××日～××月
××日（一日間）
撮影 オギルビーサック
カラー作品／製作国／言語／字幕有無
出演 マクマホン・ウェイン／ステラ・アーガソン
配給会社 ヤンマンマーム
×××－××××－×
悪徳保安官オコジェに
支配された田舎町。砂金掘りにやってきたという
謎の旅人が現れ住民たちにオコジェ退治を
懇願される。旅人はオコジェの行いが
悪事に相応するのか査定をしたいと
独自調査を開始。悪事の数々を
数値化していくうちに意外な事実に
たどりつく。
2日間目は
夜は雨だった
貧相な旅人が知性と
義理で悪へ挑む姿が
コミカルで良い。オコジェが
悪人であることは間違いないが
すべての住民がオコジェを憎む
姿をみていると本質的にどちらが
悪なのか不明になる。負の連鎖、悪の根源
とは何かを監督は描きたかったのかも
しれない西部劇の作品。

上映をするたびに館長が地道に記録しているそうだ。

「日記のようなものですね」と館長は微笑んだ。

「いつか、だれかにこの映画館を受け渡すときに役立てばと思っています」

ていねいに書かれている文字の美しさに館長の誠実さを感じた。

ノートにはぼくがすでに鑑賞済みの作品もあれば、まだみていない作品も記入されていた。

「上映作品はどうやって決めているんですか？」

「あまりこだわりはありません。フィルム倉庫を散歩しながらなんとなく選んでいます。少し休憩しますか？」

「いいえ、ぼくは大丈夫です」

そういうと館長は「では二階に行きましょう」といった。

「次は映画館のいのちである映写室をご案内します」

事務室横の階段は狭くて暗かった。

心臓をドキドキさせながらぼくは館長のあとを追いかけ、映写室に向かった。

初めて入った映写室は、薄暗いせいもあるけど重厚で神聖な感じがした。思っていたよりも広々としていて、そして肌寒かった。

「あそこにあるのが映画館のいのちです」

館長のいった〈映画館のいのち〉という理由は一瞬でわかった気がした。

きっとあれだ。

鉄の箱みたいな大きな機械が二つ、室内の片隅で圧倒的存在感を放っていた。

「映写機です。二台あります」

ぼくは少し離れた距離で映写機を隅々までながめていた。

鉄の前衛的な芸術作品のようにもみえたし、ひざまずいて眠っているロボットの夫婦のようにもみえた。

ふたりは一仕事をすませて静かに並んで休憩しているのだ。

「フィルムを映写機に正しくセットして、あそこにある四角いランプボックスから細く集められた光をレーザー光線のようにフィルムに照射します。するとフィルムの画《え》がレンズを通じて大きくなりスクリーンに映し出される仕組みになっています」

「いつも上映中に振り返って映写室を見上げています。あの窓から出ている強い光ですね」

「そうです。映写室を気にしてもらえてうれしいです」

「触ってみてもいいですか？」

「はい。どうぞ」

ぼくは映写機に歩みより、そっと右手の手のひらを当ててみた。

ひんやりと氷のように冷たい。

だけど、しばらく触れているとなぜだか遠くのほうからやさしいあたたかみのようなものを感じることができた。


それから、館長は映写室にある様々な設備について簡単に説明してくれた。例えば、映写機の横にある独特な形をした装置をプラッターといい、アルミ製の大きな円盤が縦に三段並んでいて、その上に編集されたフィルムを乗せて使うらしい。

そのほかにも音響設備や照明の調光装置、スクリーンのサイズを調整する黒い暗幕カーテンをマスクだと教えてくれた。

どれもこれも特殊で精密な機械だった。

「はい。とても繊細な装置たちとご理解いただければ説明した甲斐があります」

プラッターの最上段の円盤に直径一メートルほどのフィルムが置かれていた。

「これは明日上映する作品のフィルムになります。みていてください」

そういうと館長はプラッターの最上段にあるフィルムの中心部分から先端をとりだして、手際よくローラーに通しながら映写機にセットしていった。おそらく館長はぼくにもわかりやすいようにゆっくりと作業の手順をみせてくれているのだと思うけど、ぼくの目はすぐに迷子になっていた。

熟練の技だ。

手際が良くて無駄がない。

しかし実際のフィルムというものはとても長いものなんだなと、感心しながらみていた。

ポケットに忍ばせているぼくのフィルム片とはずいぶんと違う。

フィルムが映写機にセットされると、空いているプラッターの最下段に先端を巻きつかせた。

「あとはスイッチを押せば映画がはじまります」

館長は嬉しそうに笑った。

「なんだか職人技でビックリしました」

「毎日やっていれば慣れてしまいますよ」

「不器用なぼくでもできますか？」

「はい。もちろんです」

外光が入る窓は映写室にはひとつもない。

しかし映写機の前には映写窓と呼ばれている特別なガラス窓があり、この映写窓を通してスクリーンに映像が映しだされる、そう館長は教えてくれた。

ぼくは映写窓に近づき、のぞいてみた。

窓の外にはいつも座っている客席が小さくみえた。

「映写機が無ければ映画は上映できません。だから映画にいのちをふきこんでくれる存在だと私は思っています。そして……」

映写機、スクリーン、客席、スピーカーなどの音響設備、
どれも映画館というものを構成する大切なものです
どれひとつ欠けてもいけません
すべてが重要です
そして映画を楽しんで観てくださるお客様の存在こそが
最後に映画を完成させるのだと私は思っています
このすべてが揃わなければ映画は成り立ちません
でも、私は思うのです
忘れてはいけない
もっとも映画館で必要なもの
それは暗闇と静寂を作りだす力なのだと

明日は少し早めに映画館に行き、上映に至るまでの一連の流れ作業を実際に体験させてもらう約束をした。

館長はぼくのお願いをはじめから知っていたかのように、特別驚くことも戸惑うこともなく平然とした表情で「はい。もちろんです」とだけ応えた。

翌朝、ずいぶん早く目が覚めた。

ぼくは顔を洗ってからすぐに自転車にまたがった。

天気は上々。

朝の空気はうまい。

街のベーカリーで一番安いパンをふたつ買って、映画館にむかった。途中で郵便ポストに手紙を投函した。昨晩ベッドに入る前にかあさんに初めて手紙を書いた。元気だということ、映画館という不思議な場所でその謎を解いているということ、謎が解けるまで帰らないということ、まあそんな感じだ。

映画館についての説明はしていないから、かあさんもぼくが何をいっているのかわからないかと思うけど。

館長は休憩室の窓ガラスを拭いていた。

「おはようございます。今日はよろしくお願いします」とぼくはいった。

「おはようございます。こちらこそよろしくお願いします」と館長はいった。

ぼくの気持ちは、すこしそわそわしていた。

今日の上映は午前と午後の二回になる。それぞれ別の作品だ。午前の部は十時からで、午後の部は一時から。ぼくは午前の部開始二時間前の午前八時に映画館にやってきた。

「お手伝いしていただけますか？」と館長はいった。

「そのつもりで来ました」とぼくは答えた。

館長は雑巾をぼくに手渡した。

「映写の準備はきのう済ませてありますから、開場時間までに休憩室と客席とトイレの清掃をします。あと上映作品のポスターをパネルに入れて所定の位置に掲示します。それが終わってから簡単に朝食をとります」

「わかりました。あと、パンを買ってきました」

「それはありがたいです。ではやく清掃をしてしまいましょう」

ぼくと館長は黙々と清掃をした。休憩室の窓ガラス、テーブルとイスを雑巾で拭き、モップで床の掃除をした。トイレ掃除をすませた後に、客席の清掃になった。

場内の床はモップを掛け、すべての客席も雑巾掛けをした。客席は落とし物や破損がないか、ひとつずつ丁寧に確認してほしいと館長はいった。

映画館の三階（映写室の上）が館長の住まいになっていた。

広くてやや殺風景ではあるが、清潔感があり不思議とあたたかみを感じる部屋だった。

テーブルにぼくが買ってきたパンと館長が手際よく作ってくれた目玉焼きが並んだ。

「コーヒーは飲めますか？」館長がいった。

「大好きです」ぼくは答えた。

白いマグカップにコーヒーがそそがれた。

「インスタントですが、どうぞ」

はにかむような表情をして館長がいった。

「掃除を手伝ってもらえてたいへん助かりました。さあ、冷めないうちに食べてしまいましょう。あと三十分もしたら開場になります」

ぼくたちはやわらかな陽射しがさしこむ映画館にある部屋の中で、ささやかなごちそうを静かに食べた。

朝食をすませると、ぼくと館長は映画館に戻った。

館長は入口の扉を開放して、受付に立った。

「あとはお客様が来るのを待つだけです」と館長はいった。

しばらくふたりでお客様を待っていたが、いつものように誰も来る気配はなかった。

「きれいにポスターをパネルに入れてくれましたね。ありがとうございます」館長は微笑んでいった。

「曲がっていませんか?」

「完璧です」

褒められて気持ちがふにゃっとした。

「上映作品のポスターをパネルに入れるとき、私はお客様がこの映画を気に入ってくれますようにと祈っています」

「ぼくも同じことを考えていました。あと名作でありますようにって」

そういいながらぼくはポスターが曲がってないか、イーゼルの高さは適切か何度も何度も目で確認した。

「いつも掲示されているポスターをみてどんな映画なのか想像するのを

楽しみにしていたんです」

「私もポスターを飾るときはとてもワクワクします」

ぼくと館長はお客様のご来場を待つあいだ、そんなとりとめのない会話をリラックスしながらしていた。ふと館長が孤独に受付に立っている姿を思い描いた。ぼくがいなければ一人で上映の準備をして、ひとりで掃除をして、一人でポスターを飾って、一人でお客を待っているんだ。

そんなときに館長はなにを思っているのだろうか？

「映画を上映しているあいだ、館長はなにをしているのですか？」とぼくは聞いた。

「映写室の窓から作品を観ています。上映記録帳に記入するために」

「客席では観ないのですか？」

「はい。客席はお客様のものですから」

「そういうものなのですね」

「あと、上映三分前になったら映写室に戻って、映写機のスイッチをいれます。すると映画がはじまります」

「ぼくも映写室から観てもいいですか？」

「いえ、それはできません」

「どうしてですか？」

「映画館の客席に座り、正しい音響設備の中でスクリーンを直接観ることが正しい映画鑑賞ですし、そのために映画は作られているからです」

館長は腕時計をみた。

「では三分前です」

館長とぼくは映写室にあわただしく戻った。

館長が映写機のスイッチをいれた。

すると、いつも聞く上映開始のブザー音が鳴り響いた。プラッターの円盤部分が回転をはじめ、フィルムがローラーをつたいながら映写機まで流れはじめた。

カタカタカタ……

独特な映写機の作動音が室内にあふれた。館長はフィルムがスムーズに映写機まで流れているのかを真剣な眼差しで確認していた。

そして、映写窓からスクリーンに映る映像をみつめると素早く小さなドライバーを手に取り、ピントの微調整をおこなった。

映写機のレンズ部分にあるネジで微調整をするのだとあとで教えてくれた。

フィルムのスムーズな流れ、ピントを含むスクリーンの様子、音量のメモリなど繰り返し確認し終わると、館長はやっとひと息ついたように表情がやわらかくなった。

「無事にスタートしました、これで大丈夫です。高峰様は急いで客席に戻ってご覧ください」

「ありがとうございます」

ぼくは映写機の迫力と興奮をかかえたまま客席まで急いだ。

一攫千金鶴の一声
それは神々が起こした人類への皮肉!?
ロドリコ佐久間監督作品
ツルコエ
期待の大型新人！ 烏丸ヒコ
耳田尚人　ゴズベルト・アハーン　トリソッタン秀美　五棒平甚平

※オカルト作家・二条鱒円天（にじょうます・えんてん）の原作「ツルコエラー万錠一致の特番」を映像職人ロドリコ佐久間がエンターテインメント作品に仕上げた。注目すべき点は、本作の主演に選ばれた大型新人・烏丸ヒコの存在である。彼はこの役柄のために驚異的な肉体改造をした。二メールを誇る身長に百キロ近くあった体重を半分にダイエットしたのだ。その事実を知るまではマッチ棒俳優と揶揄されていたが、公開後に本来の烏丸ヒコの写真が露出し、一躍世間の話題を集めた。「初めて烏丸ヒコ君がオーディションに来た日のことを私は鮮烈に記憶している。圧倒的な体格と憤怒をウチに秘めた未知なる獣のようだった」とロドリコ佐久間監督は彼のことを語っている。今後の活躍を期待されていた烏丸ヒコだったが、本作でやり切ったとあっさりと俳優業から引退してしまった。

by アズモオナガ（映画説明者）

それは突然の出来事。

ある日、世界中から一瞬だけ全ての音が消え失せ、誰のものかわからない《声》が突如として空から響きわたるという怪現象が起こった。《はじまりの声》と呼ばれている第一声は、「黒い背広を着た五十代の男で右の頬に大きなホクロがある」という意味不明の男性の渋い声だった。この《はじまりの声》はあっという間に世界中の珍事としてニュースになり、言葉の内容に対する憶測が駆け巡った。言語から国を断定し、人物を探し、その背景を想像する人々が増えた。世界中を混乱と熱狂させたのは、翌日に第二声があったことだった。

第二声は「理想的な判断よりも感情を優先させたお前の行為は、きっと命取りになるだろう」という冷淡な女性の声だった。

世界中で声の特定が始まりつつも、この謎の怪現象を面白がる連中が次々に現れ、そして世間は翌日の第三声を期待するようになった。以後、毎日不定期で規則性の無い時間に天からの声が世界に響くことになる。言葉の内容に一貫性は無く、言語もバラバラだった。

いつしかこの怪現象を世界の人々は【ツルコエ】と呼ぶようになる。

どこかの国のテロまたは陰謀説をあげる者もいれば、神からの啓示だと騒ぎ崇める者も各国から現れ、様々な説がうたわれるが怪現象の謎は一向に解明されない。

逆に世間ではこぞって《声主探し》《言葉の謎解き》を面白が

るようになった。

この物語の主人公はテレビ局のディレクターを務めている万《ばん》錠一致《じょういっち》というやさぐれた三十代の独身男だ。

彼は真っ先にこの【ツルコエ】を利用したバラエティ番組（ウグフタ（ウグイスのフタコエ））という俗っぽい番組を制作して大ヒットさせ、時代の寵児となった。なぜなら【ツルコエ】の第三声は彼の言葉だったからである。

その内容は、

「俺と結婚してください、え？ ダメ？ 何で？」という人生の一大イベントの結婚の申し込みで、それが滑稽かつ、あえなく玉砕したことが世界中の話題になった。

人々は憐れな彼の境遇に爆笑し、一瞬だけ世界が平和になったと祭り上げられることになったのだ。

（※ツルコエは様々な言語で響きわたるのだが、脳に直接語りかけてくるのか世界中の人々が言語の壁を越えて理解できるという解明できない謎と不思議な力がある）

次第に人間たちの欲望が渦巻き始める。

【ツルコエ】の力はすさまじく、響くこと全てがことごとく全世界のトレンドになる。つまり、それを利用すれば富を築くことができるのだ。

たとえばメキシコの平凡な主婦の【ツルコエ・第三十五声】が「あたしの作るスパイシーなアップルパイは最高さ」と響いたら、りんごをハラペーニョで煮てから作る特製アップルパイを食べたいと世界中から問い合わせが殺到し、彼女は「スパイシー・アップルパイ」の店を出し、のちにフランチャイズ化もして大富豪になった。

【ツルコエ】をビジネスに利用するため、企業は日頃から企業名や商品名を社員につぶやかせる規則を作った。お笑い芸人は人気者になるため自身のギャグを響かせようとした。その一方で、敵対する人間の足を引っ張るため秘密の暴露を画策しようとするなど、世界中の人々が「ツルコエ・ドリーム」を夢見て【ツルコエ】を利用しようとした。

万錠の番組はそんな「ツルコエ・シンドローム」をおもしろおかしく分析し、毎日全世界から一人だけ選ばれる「ツルコエラー（日常会話がツルコエに選ばれたラッキーな人間）」になるために徳を積むという三十分番組だった。

番組の反響も好調なある日、万錠は、とある企業から新商品の名前をツルコエするにはどうしたら良いのかと相談を受けた。企業側は多額の報酬を提示してきた。もちろん表沙汰にはできない金である。金にも地位にも興味がない万錠ではあったが、面白半分に引き受けてみた。

するとその晩、謎の集団が彼の前に現れ、「これ以上ツルコエを冒涜するなら命の保証はない」と脅されることになる。

後にわかるのだが、その集団は一部のツルコエラー達で組織されたツルコエ神格化集団〈ヒカルツバメ〉で、主宰者はツルコエ第一声の白人男性という噂だった。

万錠は怯えるどころか、これは面白い展開になったとゾクゾクした。彼はこの組織に潜入して極秘に撮影を行い、その映像をドキュメンタリー作品にして映画化したいと熱望、そしてそれを即実行する。


南米ペルーの下町にある組織の本部にようやくたどり着いた万錠は最終目的である主宰者ゴッドボイスと名乗る白人男性に突撃インタビューし、ツルコエの謎に迫るのだった。

ゴッドボイスは語る。

【ツルコエ】は１０００日間続き、突如として終わる。

同時に世界が恐怖と共に終焉するのだと告げる。

「世界を救う方法はひとつだけある」とゴッドボイスはいう。

それは１０００日目のツルコエラーの言葉にヒントがあるのだと。その証言は万錠のディレクター魂に火をつけた。


月日は流れ、ついに運命の１０００日目の朝がやってきた。この運命の日に向かって万錠は全身全霊、不眠不休でスペシャル特番を準備していた。それはテレビ局の威信と社運をかけた、なんと三十時間生放送である。

タイトル「世界の終末か？　ツルコエ１０００人目の言葉が告げる人類の未来」。

もちろん司会進行は万錠が引き受けた。

※　　※　　※

みなさん、覚えているでしょうか？

いまから９９９日前のあの不思議な出来事を。

そうです、はじめてツルコエ現象が起こった歴史的瞬間です。世界から一瞬、音という音がすべて消えうせ、そして《はじまりの声》と呼ばれる第一声が私たちの心の中に直接言葉を語りかけてきました。

それは「黒い背広を着た五十代の男で右の頬に大きなホクロがある」という意味不明の男性の声でした。

後にその声の主である男は自らをゴッドボイスと名のり〈ヒカルツバメ〉という地下組織を結成、その主宰者となりツルコエ現象の保護と研究にその生涯を捧げることになります。

彼が予言する１０００人目のツルコエラーが関係する「人類を滅ぼす恐怖の正体」とはいったい何なのか？

以前、私たち取材班はゴッドボイスとの接触に成功し、独占インタビューをした模様はすでに「ウグフタ」にて御覧いただいていると思います。

しかし、続きがまだあったのです。

本日のこのスペシャル番組は、過去・現在・未来の三部構成で進行していきたいと思います。

まず第一部の過去編では、ツルコエ現象のすべての記録を科学的側面から大分析していきます。また世界中から奇怪な類似現象を調査し、ツルコエとの接点を専門家たちが読み解きます。

そして第二部の現在編では、９９９人のツルコエラーの中から間違いなくご本人である方々に協力していただき大討論会を実施いたします。世界各国から集まった彼ら彼女らはツルコエ前後で人生の何が変わったのか、なぜ自分が選ばれたのかを中心に激論していただきます。ツルコエバラエティ「ウグフタ」の名場面集もご用意していますので併せてお楽しみください。

そして第三部の未来編では、ツルコエ信仰集団〈ヒカルツバメ〉主宰者であるゴッドボイスの独占インタビューの続編を地上波初放送、その言葉を徹底分析します。彼が語る１０００人目のツルコエラーの宿命とはいったい何なのか？　彼が伝えようとしている「太古の遺物」とは何なのか？

そのほか盛りだくさんの企画でお届けいたします。

みなさんご存知の通りツルコエ現象から今日で１０００日目、必ず１０００人目のツルコエ現象が起こります。

その重要な一日を当局は三十時間生放送という長時間の大枠で、皆様と歴史的瞬間を共有すると共に世界に何が起きようとしているのかを同時体験したいと思います。

自己紹介が遅れました。

ご承知の視聴者の方もいるかと思いますが、何を隠そう私は三人目のツルコエラーの万錠一致、当番組のディレクターでございます。ツルコエに人生を狂わされた一人で、人生初のプロポーズの言葉をツルコエされて、見事にフラれたあわれな男。わたしだけツルコエの恩恵を受けていないような気もいたしますが、それはそれとして、世界を一瞬だけ平和にした救世主でございます。憐れ、失恋の道化師、それが私です。

おっと、みなさん油断は禁物ですよ。

こうしている間にも、突然１０００人目のツルコエ現象が起こるかもしれません。私たち人類はこの不可思議現象から何を学び、どこへ向かうのか？　ゴッドボイスの予言が的中し世界は本当に滅んでしまうのか？

万錠一致プレゼンツ

「世界の終末か？　ツルコエ１０００人目の言葉が告げる人類の未来」。

どうぞ番組の最後まで覚悟して御覧ください。

覚悟だなんて大袈裟だなって思ったあなた、

いえいえ大袈裟なものですか。

だって、あなたの言葉が１０００人目のツルコエに選ばれて、人生も世界も狂ってしまうかもしれないんだから。

※　※　※

滞りなく番組は進行していった。

しかし生放送中いっこうにツルコエは起こらず、どことなくどんよりと拍子抜けした空気が番組内に流れていた。

そして……

放送終了の十秒前、ついに念願のツルコエ現象が起きた。

しかし、その声に誰もが眉間にしわをよせ、怪訝な表情しかできなかった。

１０００人目のツルコエラーは、おそらく複数の子供たちの笑い声だった。

楽しくはしゃぐ子供たちの笑い声が十分以上も続き、突然消えたのだ。

そして翌日からツルコエ現象は無くなり、特に世界も滅びはしなかった。ラストツルコエの憶測は世界中で広がったが、すぐに飽きたようで一週間もすれば話題は別なものへと変わっていた。

万錠はツルコエの特番の高視聴率を社長に評価され重役のポストを用意されたが、出世には特に興味がなかったので平然とそれを断り、代わりに深夜のレギュラーバラエティ番組の制作とツルコエ劇場版の企画を提出した。

そして同局でアシスタントとして働く女性と幸せな結婚をした。

やっと自分もツルコエの恩恵を受けることができた、と彼は苦笑いした。

終

予告編祭り

フィルム倉庫で〈よこくへん〉というものを大量にみつけたと館長がいった。館長は三か月に一度の映写機の潤滑油の交換作業をしていたし、ぼくはモップで床掃除をしていた。

どうやら今朝方、フィルム倉庫の一角で発見したらしい。

「なんですか、それは？」

「映画を観てもらうために作られた短い宣伝用の映像です」

「おもしろいんですか？」

「観客の好奇心を最大限に高めるために編集されているので面白いと思います。私は好きです」

そういうと館長は手についた潤滑油をタオルでぬぐった。

そして、映写機に潤滑油が正規の分量に達しているかメモリを確認した。

「ひとつの映画の予告編がおおよそ二分三十秒程度になります」

「それ、観たいです」とぼくはいった。

「いいですね。実は私も予告編を観るのは子供の時分以来になります。ある時期から予告編は廃止になりましたので」

「そうなんですね。どのくらいみつかったんですか？」

「山ほど」

「なら一時間くらいにまとめて上映することはできますか？」

翌日、午前の部でメック・パブリゴンザレス監督『ゾンビ美術専門学校』というホラーコメディを観て、午後の部は『予告編祭り』と題して二十五本の予告編をおよそ一時間かけて鑑賞した。

あらゆるジャンルの映画の予告編が次々にスクリーン映しだされると、なぜか心が躍りだし企画名どおりの映画のお祭りとなった。

いままで、いくつかの仕事を経験してきた。旅の費用を稼ぐため、アルバイトではあったが色々と働いた。レストランの皿洗い、工事現場で穴掘りや廃棄物場の処理作業、夜間のガードマン、草むしりに引っ越しの手伝い、あとなんだっけ。ペンキ塗りもやったし、ドブさらいもした。とにかくすぐに現金がもらえる仕事を探しては迷わずに引き受けた。

映画館の仕事はそのどれよりも楽しかった。

楽しい仕事がこの世界に存在するとは思わなかった。

みんな生きるために働いている。

ただ、それだけ。

でも、館長の仕事をたった少し体験させてもらっただけで、

ぼくのこころはなぜか興奮した。

映画というものはなんて不思議なんだ。

映画館というものは

まったくなんて不思議な場所なんだ。

いつしかぼくは上映前の掃除を手伝うようになった。掃除が終わると館長はいつも朝食を用意してくれた。そして昨日観た『軽はずみ捕物帳』という映画で鑑賞作品は四十九作目となった。

いよいよ今日が五十作品目となる。

さまざまなジャンルの作品を館長は上映してくれた。でも映画とはいったい何なのか、ぼくにはまだわかっていない。ひとことでいえば人間の業を描いているのだと思うけど、もう少し複雑にも感じる。欲望や傲慢さ、好奇心とか過ち、よろこびや愛といったら平凡だけど。

しかし、今日の映画はどことなくいつもと雰囲気が違う

ポスターをみているだけで少し不穏というか……

胸騒ぎがするような……

気持ちをかき乱す原因を探したくて隅々までポスターを観察していると、突然上映開始のブザーが鳴り響いた。

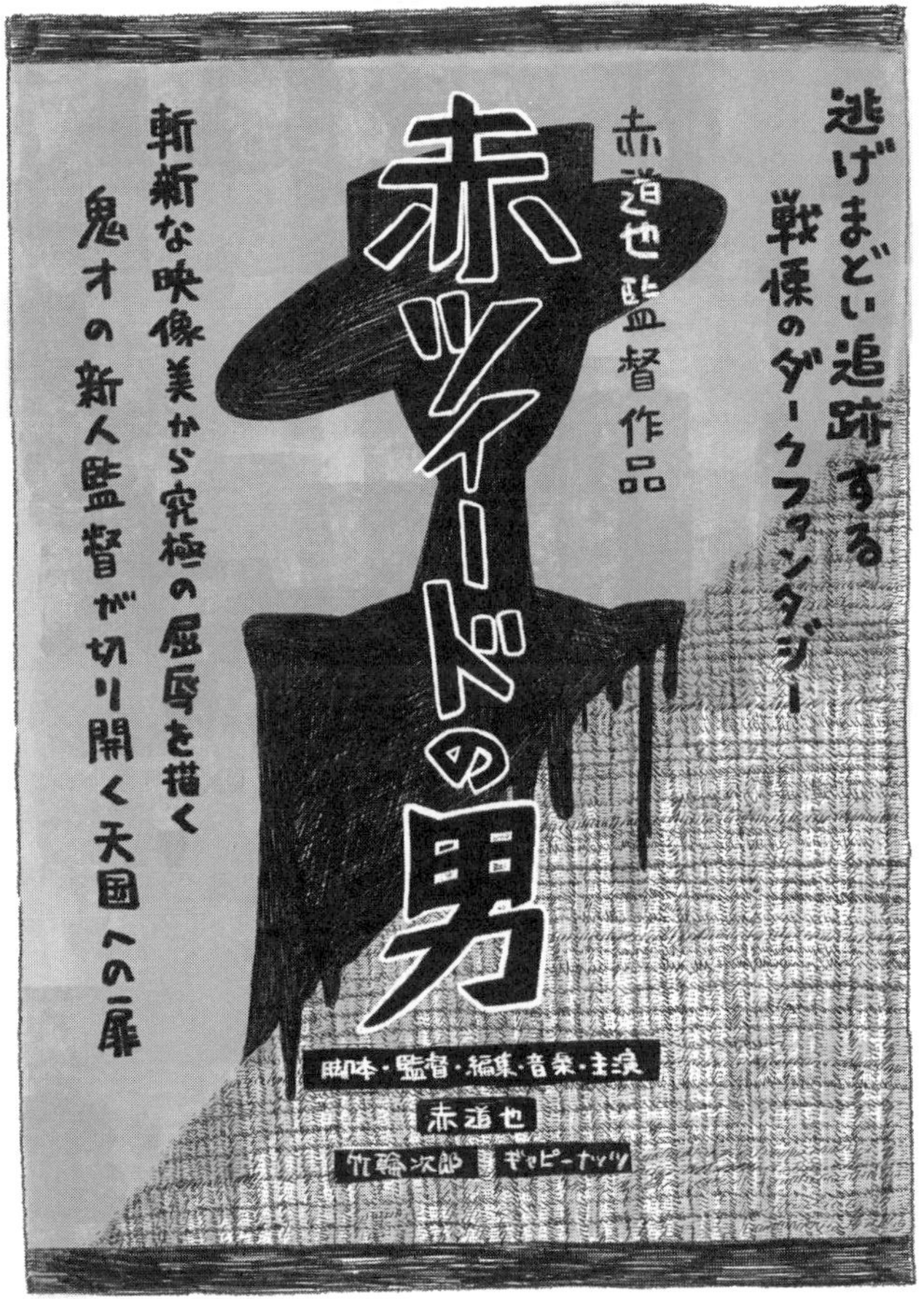
逃げまどい追跡する
戦慄のダークファンタジー
赤道也監督作品
赤ツイードの男
斬新な映像美から究極の屈辱を描く
鬼才の新人監督が切り開く天国への扉
脚本・監督・編集・音楽・主演
赤道也
竹輪次郎　ギャピーナッツ

※その少年の夢は野球選手だったかもしれないし、漫画家だったかもしれない。もしかしたらゲームが好きで、将来はオモチャ会社でゲーム開発をしたかったかもしれない。いや、青春時代に大きな失恋をして駆け込んだ映画館で泣きながら観た映画に心を奪われてからは映画が大好きになってしまい、映画監督を目指したのかもしれない。だけど少年は青年になり、その無邪気さの面影はいまはどこにも無い。彼の目付きは鋭さと恨めしさを強く秘めている。他人を信用することを憎み恐れている。夢を見ていた少年が、憎しみを抱えた青年になる道程にいったい何があったのか想像してみるといい。そうすれば自分の幸せに気が付くのだろう。だからあえて問うが「この少年を救うために、あなたならどんな言葉を投げかけるのか？」。未来を夢見ている少年の目がいつまでも希望の光で輝くように、あなたはどんな行動をとるのか。世界はあなたにとって優しいですか？

by アズモオナガ（映画説明者）

逃げていた。

赤いツイードの女物コートを着た男イビツ・アッザボルトは逃げていた。

何かを疑われ、何かから必死に逃げていた。

警察から逃げていたのか、殺人犯から逃げていたのか、借金取りから逃げていたのか、強迫観念から逃げていたのかはイビツ自身にもわからなかった。

わかることはただのひとつ、何かから逃げているという事実のみ。

街の人混みの中を走り、船に忍び込んで荷物の暗がりに身を潜め、川をズブ濡れになりながら走り抜け、泥まみれで山へ逃げ込む。

走り疲れて呼吸を整えているときに、「おい」と背後から彼を呼ぶ声がした。

恐る恐る振り返ると、ひとりの男が息を切らして立っていた。

「降参だ、もうやめてくれないか……」

と男は額の汗を服の袖で拭いながらいった。

イビツは気づいた。

実は逃げていたのではなく、眼前の男を追いかけていたことを。

「白状するから、もう許してくれ」

泥だらけのみすぼらしい男の姿は憐れ極まりなかった。

その点、オレはどうだ。

イビツは自分自身をみた。

さっぱりとした身体からはほんのりと香水のかおりが漂う。

剃りたての髭、パリッとアイロンのかかったシャツ。

なぜオレは赤いツイードのコートを着ているんだ？

それも女物を。

「いまよ、おまえバカにしただろ？　みじめなヤツだな〜って思ったんだろ？」

男は震えた手を後ろに回し、

ジーンズのポケットからナイフを取り出した。

「そっちがそのつもりなら、こっちだってやってやるぜ、こうなりゃ、どうなったっていいんだからよ。おまえだって、俺がどうやってここまで来たのか知りたいんだろ？　あの古い柱時計も錆びたノコギリも、もう何もかも空っぽなんだからよ」

男は奇声を上げながらナイフを大きく振りかざし、

襲いかかってきた。

ここで突然スクリーンから映像が消えた。
客席が明るくなり、館長の声でアナウンスが流れた。

「映写事故によりこの作品の上映はここまでになります。
まことに申し訳ございません。
映写機からフィルムが脱線し損傷、また紛失も重なり、
現在保管されているフィルムはここまでになります。
後半の物語の内容についても
資料が無いため不明となります」

「大変申し訳ございませんでした」

事務室に立ち寄り、質問しようとすると館長は即座に謝ってきた。

「この作品は上映するたびに必ずフィルムが切れて途中で上映が中止になってしまうのです」

そういうと館長は映画館の入口のほうに目を向けたり、窓から外をみたりして、何かの様子をうかがっているようだった。

「フィルムの状態はそんなに悪くありません。でもまるでフィルムが上映を拒否しているかのように突然切れるんです。そして切れるたびに切れた部分から後ろのフィルムが消えてしまいます」

「消えるってどういうことですか？　少しずつフィルムが無くなっていくということですか？」

「はい」

「なら上映をすればするほど映画が無くなっていって、この映画はいつか全部消えてしまうということですか？」

「おかしな表現ですが、フィルムがそれを望んでいるようで」

「不思議ですね」

「もうひとつ不思議なことがあります」と館長はいった。

すると背後から足音がきこえ、振り返るとひとりの男が映画館に入ってきた。

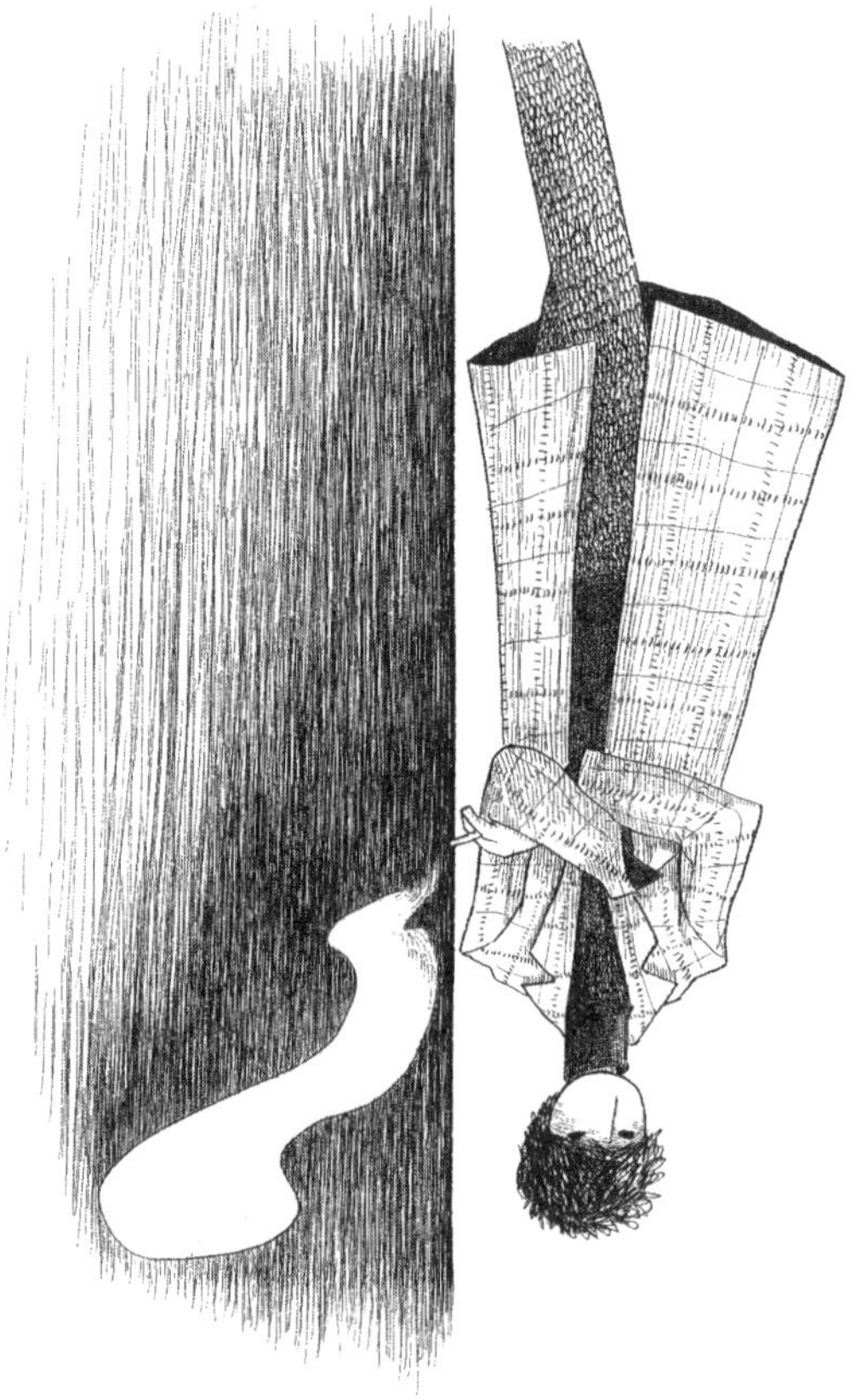

赤いツイードのコートを着た男は、黙って休憩室の椅子に腰掛けた。

ぼくは心臓の鼓動が早くなるのを感じた。

さっきまでスクリーンにいた男だ。

ぼく以外のお客をこの映画館でみたという事実ももちろん驚いたが、それ以上にこの男から噴きでている異様な雰囲気が寒気を呼んだ。

赤ツイードの男は館長やぼくの存在に気がついていないかのように、話しかけもしなければ視線も合わすことがなく、目の前を素通りした。

ただ落ち着きなくあたりをキョロキョロと見回し、近くの椅子に乱暴に座ると右足を小刻みにガクガクと揺らしていた。

赤道也監督であることはすぐにわかった。

彼は椅子から立ち上がると、厳《いか》めしい表情のまま煙草を吸いはじめた。吸ったと思ったらすぐに煙草を床に捨て、落ち着かない様子で椅子から立ったり座ったりを繰り返した。終始しかめっ面だったので、みているとこちらまで不安になる。彼は頭をごしごしと引っ掻き回し、神経質そうに爪を噛んだ。腕時計に目をやると、いったんは立ち去ろうと足早に入口に歩きだしたが、またすぐにUターンして戻ってきた。

彼は場内に足早に入り、客席の中をうろうろと歩きまわった。赤道也監督はぶつぶつとなにか独り言をつぶやいているようだった。

ぼくは、赤道也監督に吸い寄せられるように近づこうとした。そんなつもりはまったくなかったのに。それを館長がぐいっと左ひじを捕まえて止めてくれた。

「あのままにしていってあげてください」

赤道也監督は頭をぼりぼりと掻きむしりながら、スクリーンの前を行ったり来たりしていた。ときおり立ち止まってはスクリーンを恨めしそうにみつめていた。

充血した目から涙がぼたぼたとこぼれているようにみえた。

「初めて赤道也監督とお会いしたとき、彼はほがらかな印象のある好青年でした」

館長は静かにぼくにいった。

「夕方でした。とつぜん映画館にやって来て自分の作品を上映してほしいと私にいってきました。そして、どすんと背中にしょっていた重たいフィルムを私の前に置きました」

赤道也監督はしばらく中央の客席に座り込んで、うなだれていた。

「私はこころよく上映を承諾しました。監督がわざわざフィルムを持ってきて上映依頼をするなんて初めてのことでしたから。そんな情熱を注ぎこまれて作られた作品を無下に断ることはできません。きっと素晴らしい映画にちがいないと、そのときはこころから思いました」

そのときは？

「赤道也監督は上映に対して条件を提示してきました」

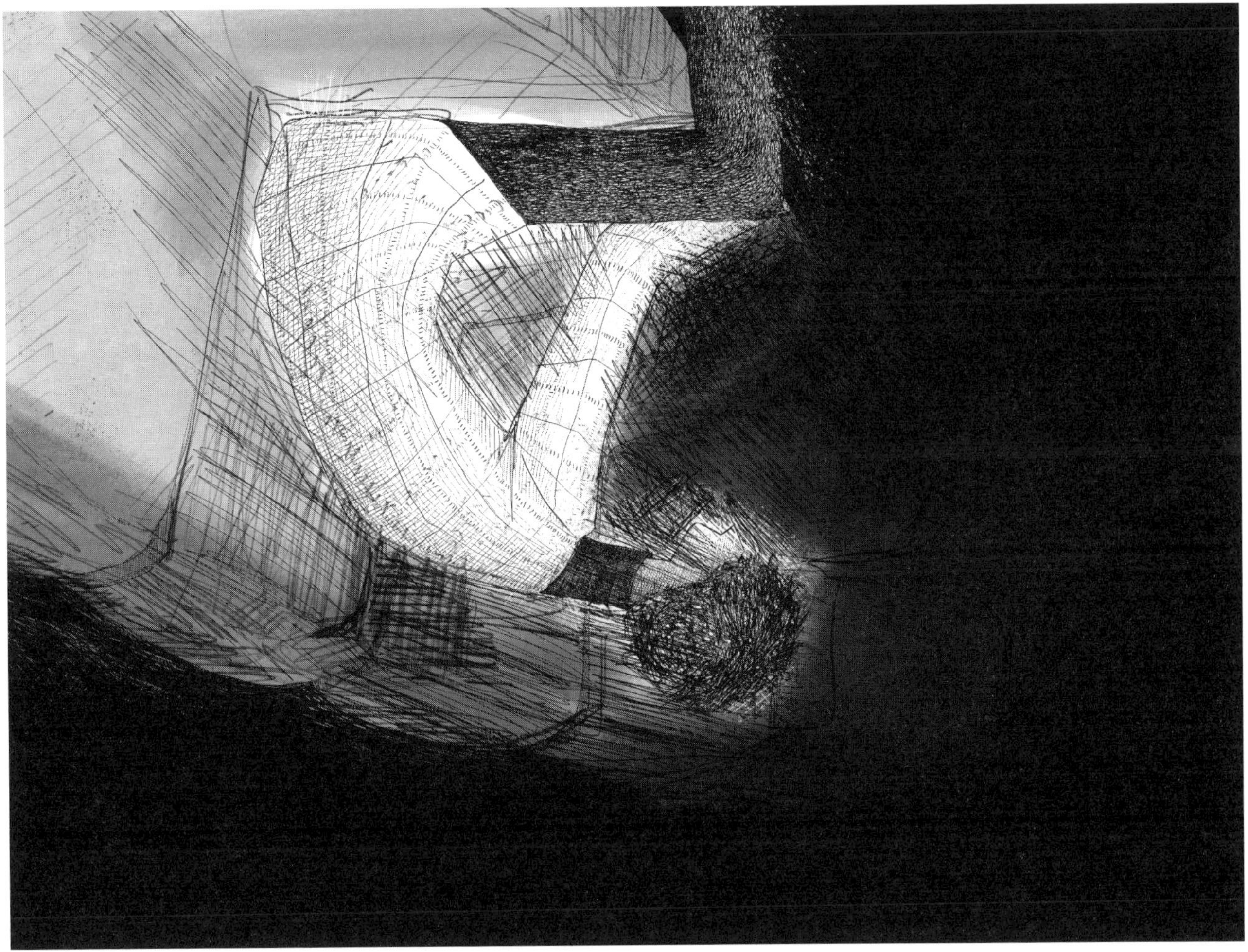

「フィルムの編集や映写機への準備は自分がやるといいました。上映テストは監督の強い希望で禁止。理由はわかりませんが、上映に関するすべてのことは自分でおこないたい、それが条件でした」

「なにか強い理由がありそうですね？」

「はい」

館長の表情はこわばっていた。

「映写機は精密機器ですし、癖もあります。知らない人に触らせて不具合が起こると困ります。それに監督が希望していることは私の仕事ですから」

「それでどうしたのですか？」

「いろいろと悩んだ末に、監督の希望を受け入れることにしました。悪い青年にはみえませんでしたし、どんな作品か観てみたいと私自身がすでに興味を持ってしまったので」

赤道也監督は椅子に座ってうなだれたままだった。

「映写室にお招きして機器の説明をしました。監督はすぐにフィルムの編集作業をしたいといい、作業をみせたくないという理由から私を映写室から追い出しました」

「映画監督ですからフィルムの扱いは手馴れていたようです。編集作業と映写機へのフィルム移動も一時間程度で終わりました。作品自体も四十五分程度の短いものでしたから。すると翌日の真夜中に上映してほしいと突然いいだしました。私はふたたび困りました。そんな遅い時間に映画をみにくるお客様はいません、そうお伝えすると監督が観せたい方々を招待するから集客を気にしなくても大丈夫だといいました」

ぼくは館長の話を聞きながら、赤道也監督をみつめていた。

館長も同じだった。

「信じられませんが、翌日真夜中に五名のお客様がいらっしゃいました。四人は男性、ひとりだけ女性でした。赤道也監督は来ませんでした。お客様たちは他人のようで別々に映画館にご来場になったのですが、不思議と共通するような点がありました。顔色が青白いということ、衣服のどこかに赤いものが着けられていること。無口であること」

「その日の上映はフィルムが切れずに最後までできたのですか？」

「この真夜中の初日の、この一回だけ無事に上映ができました」

「館長は観なかったのですか？」

「観ることができませんでした。なぜか上映が始まると突然強い腹痛におそわれてしまって……食あたりするようなものは食べていなかったのに。私の腹痛がおさまったのは上映が終わってからになります。そのときには五名のお客様はすでに帰られていました」

この話のどこまでが真実なのかわからなかった。

もし事実であるなら、あきらかに赤道也監督には何か目的があったのだと思う。そしてきっとその目的と、いま目の前に座っている挙動のおかしい赤道也監督の行動は何か関係があるのだと思う。

だとしても、だとしてもぼくには許せないことがある。

「拾ってください」

ぼくは我慢できず、赤道也監督の座っている座席のすぐ横に立っていった。

「休憩室に捨てたタバコをすぐに拾ってください」

抜け殻のようにぐったりとうつむいていた赤道也監督がむくっと顔をあげて、ぼくをにらんだ。

全身に悪寒がはしった。彼は鋭い視線をぼくに向けていたが、しばらくするとスクリーンに向きなおった。

「『ラスト・ギャラクティカ・シェイカーズ』、観たか？」

彼はぽつりといった。

地響きのような重たい声だった。

「観たか？」

返事をしないぼくにもう一度いった。

「アレはいいぞ、パワフルでスカッとして。傑作だ」

赤道也監督は座席から立ち上がり、休憩室に向かった。

そして、自分が捨てた煙草の吸殻をつまんで、後始末をどうしたらよいのかわからずキョロキョロとゴミ箱を探しているようだった。館長が彼に近づき、手のひらを差し出した。

「すみませんでした」

彼は館長に小さく頭を下げると吸殻を自分のポケットの中にいれた。

そして振り返ってぼくにいった。

「これでいいかい？」

ぼくは休憩室の隅っこの椅子に座り、その隣に赤道也監督が座っていた。

「これ、かあさんの形見なんだ」

彼はそういって、赤いツイードのコートの裾を指先で触った。

「オレの映画観たんだろ、どうだった？　正直に感想を教えてくれ」

ぼくは答えに迷っていた。

「たいていの評判は死にたくなるくらい最悪だったから、なにをいわれても別に大丈夫だよ」

赤道也監督はそういうと苦笑いをうかべた。

「撮り終わってからオレには映画を撮る才能がなかったことに気付いたよ、まったく気付くのが遅いってんだ」

彼は震えていた右足の腿に右手をそえて震えをおさえた。

その目は憂いをおびているようにみえた。

おもむろにポケットから先ほど捨てた吸殻をとりだして口にくわえてもう一度吸おうとしたが、ぼくのことばを思い出したのか吸殻をふたたびポケットにしまいなおした。

「続きが観たいと思いました」

ぼくはいった。

「監督の作品は、ぼくにとって記念すべき映画鑑賞五十作品目になります。映画のことがなんにもわからないぼくに、あそこにいる館長が五十作品目としてふさわしい作品を選んでくれました」

館長は少し離れた椅子に座って、窓の外をみていた。

赤道也監督は館長のほうに顔を向けた。

「館長は毎日ひとりっきりでなにを上映すべきか一生懸命に考えています。そして膨大な数の作品の中から監督の作品を選びました。だから、今日の赤道也監督の『赤ツイードの男』の上映にも必ず意味があるとぼくは思っています」

「あの人、オレの映画を選んでくれたんだ」

「はい」

「物好きだな」

先ほどまでの情緒が不安定な赤道也監督ではなくなっていた。

彼は館長をみつめていた。

きっと館長が初めて赤道也監督と出会った時のようなほがらかな印象がある好青年に戻っていただろう。

窓から射しこむ真っ赤な夕焼けは館長の姿を逆光にしていた。

「話せてよかったよ、君の名前は？」

「高峰和音といいます」

「いい名前だ」

それから赤道也監督は静かに映画館から出ていった。

真っ赤に染まった森の中に消えていく赤道也監督の後ろ姿を、ぼくと館長はいつまでも見守っていた。

別れ際、赤道也監督は館長にこう告げた。

「あのフィルムはもう少しこの映画館で預かっていてください」

赤道也監督の過去になにがあったのかはわからない。

謎だらけだ。

監督の念がフィルムの中に焼き付けられてしまったのかもしれない。

映画には物語があり、

俳優にも映画監督にも人生という物語がある。

観ている観客も同様。

映画の中の物語は、そのすべてが混ざりあって、

観客のこころの中で一つに完成しているのではないかとぼくは思う。

だからひとりひとりの感想がちがうのは当たりまえのことなのだ。

いま大切なこと。

それは館長に明日の上映を『ラスト・ギャラクティカ・シェイカーズ』にしてもらうことだった。

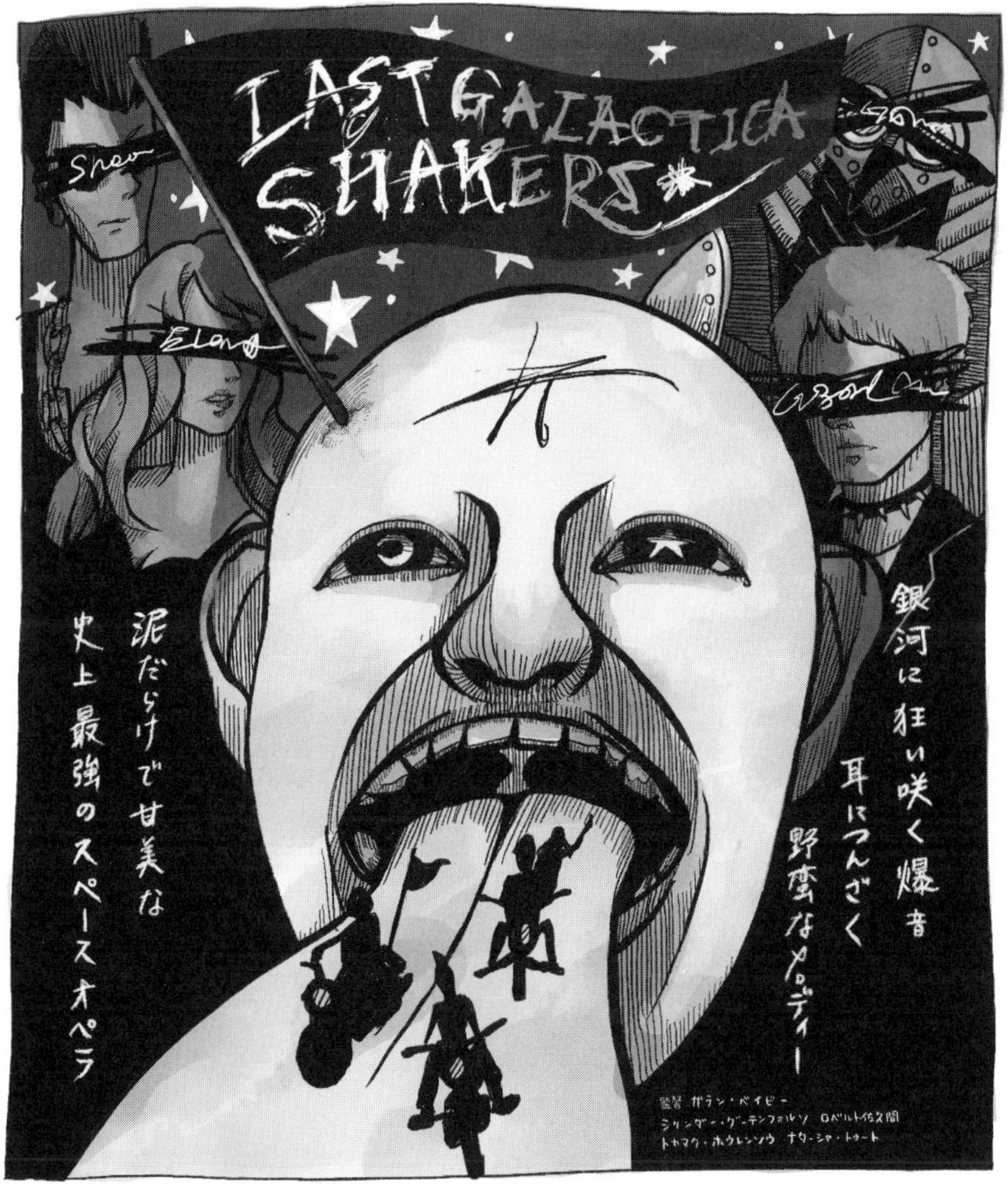
LAST GALACTICA SHAKERS
銀河に狂い咲く爆音
耳につんざく
野蛮なメロディー
泥だらけで甘美な
史上最強のスペースオペラ
監督 ガラン・ベイビー
シンダー・グーテンフォルツ ロベルト佐久間
トャマク・ホウレンソウ ナターシャ・トゥート

※この表現ははたして過激なのか？　そう問いかけてしまうほど暴力も悲鳴もこの作品では不思議な美しさに包まれている。宇宙を股にかけた二大暴走族の勢力争いはまるで儚いラブストーリーのようだ。派手なアクションシーンは計算し尽くされた構図と絶妙なライティングで巧妙に描かれ、至る所に散りばめられた緻密なメカニックデザインやサイケデリックな衣装もマニア心をくすぐる仕掛けに溢れている。それでいて予定調和にならず観客を飽きさせない王道娯楽になっている。物語の骨格は古典作品ということだが、はるかにそれを凌駕するクライマックスはカラカラに渇いた喉に染み渡る炭酸飲料水映画でしかない。このカルト作品が何ひとつ映画賞を取らなかったことはガラン・ベイビー監督の思惑通りで、またギャラシェイ信者たちにとって名誉ある勲章になったことは言うまでもない。登場人物の全てがノリノリの映画監督オールスターズというところもニクいキャスティングだ。

by アズモオナガ（映画説明者）

夢をみた

生命の泉
そのひとしずくであるわたし
〈存在〉にひしゃくですくわれては
魂や肉を与えられて
その生涯を懸命にまっとうする
ヒト、虫、鳥や魚、
風、煙、動物や植物
〈存在〉からの目的に応じて
あらゆるものに姿を変えて
運命の翻弄を浴びながら人生を営む
ひとつの生命の役割が終わったとき
ふたたびわたしは生命の泉にもどり
それなりに浮遊をつづけ
傷を癒やすための休息をとる
〈存在〉から望まれたときは
あらためてひしゃくですくわれ
また
生きるという旅にでる
おおむねはその繰り返しが
永遠につづく

あるとき、
わたしは惑星のヒトになり
激しい戦火の中で何人かの命を救出し
敵の爆撃によって生命の役目を終えた

あるとき、
わたしは惑星の風になり
花の種を大地に運び
生き物たちにそよ風を与えて
幸福感を与えた

あるとき、
わたしは惑星の小型の動物になり
病気で苦しむ飼い主の
心の支えになるように努めた

あるとき、
わたしは未成熟の惑星の微生物となり、
その惑星の生命の原点となった。

あるとき、
わたしは二足歩行の動物になり、
その種の生命の進化にたずさわった。

しかし、
今回はいつもと少し違うように感じた
任務とでもいうべきものが
与えられた
はじめてのことだ

それは

それは
ある惑星のヒトになり、
その惑星のヒトが作った
〈価値あるもの〉に触れ
その価値の真意を測り
その惑星の存在意義を判断する
という異例のものだった

そして、わたしは
ヒトになって
ある惑星の平凡な家族の一員として
産まれた

第二幕

館長

沈黙と月光

朝、寒さにふるえて目を覚ました。

雪はすでにやんでいた。宿の窓から外をのぞきみると一面の美しい銀世界だった。ぼくは昨日観た映画を思い出してニヤニヤした。きっと館長は今朝、雪が降ることを知っていたに違いないと思ったからだ。まるで七十七作目『氷の惑星シャーシャス』、グレゴリオ・ブラスト監督のSF作品のラストシーンみたいだからだ。

氷の惑星に墜落した宇宙探査船はその惑星の知的生命体と遭遇する。ここまではよくある王道パターン。この監督の面白い点として奇異な展開があると思う。薄ぼんやりとした省エネのような存在の知的生命体は、寒さと飢えで死にかける主人公をパックリと食べてしまう。食べるというか包み込んでしまう。すると主人公はなぜか死なずに知的生命体と融合して生き続けることが可能になる。喜ぶ主人公だったが、このさき自分はどうなってしまうのだろうかと不安になり、思い切って聞いてみた。すると知的生命体は念波のような音を出して素直に答えてくれた。惑星に近づく物体を静かに攻撃してこの星に引き寄せ、それらを対話によって体内に取りこみエネルギー源としているのだと。知的生命体はつづける。こわがらなくてもだいじょうぶ。からだの中にいれば幸福のままワタシとひとつになれるのだから。知的生命体の目を通して主人公は、宇宙船の部屋の窓から氷の世界を安らいだ表情でながめている。

このグレゴリオ・ブラスト監督は前作『レ・クレイオトム』という作品でも謎の鉱石《クレイオトム》を巡って人類が争奪戦を繰り広げるSF作品を描いていた。どうやら万物のエネルギー源、すなわち生命力の神秘とそこに固執する人類の醜悪さについて強く興味を示しているみたいだ。批判ではなく興味の対象として。ちなみにぼくは『レ・クレイオトム』は六十一回目で鑑賞済みである。

「また映画の妄想してたのかい?」

女将さんが呆れた顔でいった。

ぼくは食堂で女将さんの朝食に手をつけずに物思いにふけっていた。

最近では女将さんがぼくの分まで朝食を用意してくれるようになっていた。

今朝は粉ミルク入りの甘い紅茶とチーズと固いパンだった。

「今度、いっしょに映画を観てみませんか?」

「あたしはごめんだよ。そんなものみたって金にもならないし腹もふくれない」

何度か誘ってはみたけれど、女将さんの答えはいつも同じだった。

朝食をすませたぼくは女将さんにお礼をいい、彼女から譲り受けたコートとマフラーを身に着けた。防寒着のないぼくをみかねてひとり息子の大切な服を譲ってくれたのだ。

ぼくのひとつ上の年齢らしい。

彼女は戦場に行った息子をずっと待ち続けていた。

「夕方に戻ります」

ぼくはそういうとまだ薄暗い中、雪でみえなくなった道を映画館に向かって出発した。

女将さんは特に返事もせずに、いつものように知恵の輪に没頭していた。

足下のおぼつかない雪道を歩いてきたのでうっすらと首筋や脇に汗をかいた。おまけに道すがら三度もすべって転んだ。

映画館に着くころには陽は昇っていた。

ぼくは休憩室にある暖炉に近づき、コートとマフラーをはずして、汚れた靴を持ってきたタオルできれいに拭いた。

「おはよう」と窓辺にいる空瓶に挨拶をした。

五分ほど休憩した後に、ぼくはいつものように映画館の掃除をはじめた。館長もいつものように上映の準備と映写室の掃除をして、それが終わると階下までできていっしょに場内の清掃をする。

これが最近の日課になった。

開場準備が整い、時間になるといつものように映画を観た。

いつの日からだろうか、たぶん五十作品目を越えたあたりから、三つの変化がある。

一つめ、ぼくは館長に定期的に二本立ての上映をお願いした。

午前の部と午後の部という上映形式は以前からあったが、それとは少し違い二作品を連続して上映をしてもらうのだ。最初の作品が終わると十分ほどの休憩をはさみ、次の作品をすぐに上映してもらう。たとえば先日の二本立ての場合はこうだ。

『知らぬ存ぜぬ猿芝居』『赤蟹小脇《あかがにこわき》』という二作品。

万年筆工場で働く男が嘘ばかりついて出世していく悲喜劇の『知らぬ存ぜぬ猿芝居』、かたやマジシャンの女が踏切の向こう側に立つ少年に恋心を抱き、あらゆる手品を使って愛を伝えようとする喜劇『赤蟹小脇』。この二作品を鑑賞したぼくは自分勝手に共通するテーマを考えるのである。

〈欲望をかみしめても栄養にはならない二本立て〉

今回はこんな感じにした。

どちらの主人公も行動がいい加減で浅はかだったからだ。この二作品は別々の監督が制作したのだが、作品の底辺に流れる主題というべきものは共通して〈滑稽な人間に対しての皮肉〉という印象を持った。

この二本立てを企画した館長にこの話をしてみたが、彼はフィルム倉庫に並んで保管されていて取り出しやすかったからだと笑顔で応えた。

でも、きっとそんなはずはない。

絶対に選んだ意味があるはずなんだ。

二本立てにしてもらった理由は他にもある。

少しでもはやく百作品目に到達したかったからだ。

「なんでそんなに映画を観るのか？」と宿の女将さんに質問されたことがある。

あれはたしか三十作品目を過ぎたころだった。

この日の女将さんはお酒を飲んでいたようで、たぶん少しイラついていた。

目は鋭かったし、ことばにも棘のようなものを感じた。

おそらくぼくは「映画というものをもっと知りたい」というような偉そうな返答をしたかと思うのだが、酔っていた女将さんはその答えに益々腹を立てたように感じた。

「一人前のことをいうのなら、せめて百本くらい観てからにしな」とすごまれたと思ったら「ごめんな、あんただって来年になりゃあ国から召集令状が届くかもしれないしな……いまのうちに好きなことたくさんしなくちゃダメだよな」とボロボロと涙を流しはじめた。

女将さんの息子さんはぼくのひとつ上の年齢で戦争にいき音信不通。息子さんのひとつ下のぼくは毎日映画を観ているだけの生活。

ぼくは女将さんの気持ちを察すると胸が苦しくなった。

もちろんぼくだって来年十八になって、まだ戦争が終わっていなければ召集令状が届く可能性がある。

女将さんは悲しみをこらえるために必死に歯をくいしばり、メガネを外してごしごしと目から溢れだすものをこすりおとした。

その晩、戦争に対する恐怖心や映画を観つづけている日々に対しての罪悪感にさいなまれてベッドで眠れずにいた。

窓から美しい月明かりが差しこみ、部屋の中をやさしく照らしていた。

沈黙と月光が部屋に満たされていた。

戦場で死んでしまった学校の先輩。

音信不通の女将さんの息子さん。

ぼくは月明かりに照らされながら、映画を百本観つづけることを決めた。

いまのぼくにできることはそれくらいなのだ。

そして百作品目でぼくなりの結論をみいだすことを誓った。

ぼくは美しく輝く満月を少し残酷に思いながら、先輩や息子さんにそっと祈りを捧げた。

闇《やみ》の間《ま》に問《と》う

上映が終わっても、ぼくは席を立たない。

以前は上映が終わるとすぐに休憩室に戻り映画の余韻にひたったり、館長が映写室からおりてきたら映画の話（おもに作品についての質問）をして過ごしていた。

でもいまはちがう。

上映が終わってもしばらく座席にすわっている。

暗いままの場内にたたずんでいる。

目をあけて薄暗い中のスクリーンをながめたり、他の客席をみつめたり、たまには立ち上ってうろうろと客席のまわりを歩き回ったり、端の席に座りなおしたりする。

その行為をぼくは〈浮遊《ふゆう》〉と呼んでいる。

映画館の中にある独特な暗闇の中を浮遊しているのだ。

映画館の暗闇と一体になるために沈黙と対話をする。

それが、二つめだ。

館長はそんなぼくを理由もきかずにただ見守ってくれている。

ぼくが場内から出ないかぎり客席内の照明を決してつけたりしない。

映画が終わっても映画館の暗闇を作りつづけてくれていた。

ぼくにとって映画館の暗闇は宇宙そのものだった。

そのことを影猫がぼくに教えてくれた。

浮遊することが正しいかはわからない。

正しいとか正しくないとかそういうことではなく、そうしなくてはいけないというような衝動がぼくの体に住みついてしまっているのだ。そもそものこの旅と同じように、なにかの意志に導かれるように。

目を閉じる。

すると、

暗闇が多くを語りかけてくれるときがある。

映画館の暗闇が、いつしか地下のフィルム倉庫の暗闇になり、森の中の暗闇になり、宇宙の暗闇になり、そしてぼく自身の暗闇へとつながっていく。

暗闇はひとつにつながっているのだ。

そのために浮遊する。

ぼくにとって暗闇は、与えられた謎の答えを教えてくれる道しるべだから。

その音《おと》は濁《にご》り痛《いた》んでいる

暗闇が気づかせてくれたこと、それが三つめだ。

いつの頃だっただろうか……

映画が終わりぼくは目を閉じて暗闇の中を浮遊していた。まぶたの奥先にある暗闇をふわふわと無心で遊泳していた。はじめのころはいま観たばかりの映画の余韻が頭の中をめぐっていた。つまらない映画だったのか余韻はすぐに消えた。

暗闇をさらに突き進んでいくうちに次第に宇宙の深い暗闇になり、まぶたに浮かぶ小さな星々のきらめきの美しさに目を奪われた。するとその先にぼんやりと人影があらわれた。

近づいてみると、それが館長だということがわかった。

目をひらき、ぼくは休憩室の椅子に座りなおした。窓の外の景色を茫然とながめていた。木々の葉が陽射しに輝いていた。ここは世界から取り残されている映画館なんだという思いが襲ってきた。

森の中で青い蝶がひらひらと飛んでいた。

「今日は良い天気ですね？」

作業を終えたばかりの館長が映写室から下りてきた。

この人はいったい誰なんだ、とぼくは思った。

「いつからこの映画館で働いているのですか？」

ぼくは館長のことをもっと知る必要がある。それは好奇心なのだけれど、ただの好奇心ではなくぼくが先に進むために必要な好奇心なのだ。

「生まれ故郷は？」

「兄弟はいますか？」

「おいくつなんですか？」

「一番お気に入りの映画はなんですか？」

でも館長は自分に関することは何ひとつとして話したがらなかった。

「どうして私のことを聞くのですか？」

あるとき館長はぼくの質問責めに疑問を感じて聞き返してきた。

「だって館長のお人柄を知れば、その館長が選んでくれた映画をもっと好きになれるかもしれないじゃないですか」

しかし館長はぽつりとこう答えるだけだった。

「私の人柄と映画は関係がありません」

数日たったある日、ぼくはいよいよ九十作品目を観ることになった。あと何日かで百作品目に届くのかと思うと気持ちが落ち着かない。緊張しているのだ。しかし上映が終わるとその気持ちが不愉快なものに変わっていた。九十作品目という節目に館長が選んだ作品に幻滅し、苛立ちをおさえることができないでいた。

「とても残念でした。正直にいわせてもらえれば時間の無駄に感じました」

振り返ってみるとここ数日の館長が選んだ作品はどれもこれも不満足に感じていた。

ぼくにそういわれた館長は少しだけ寂しそうな表情を浮かべた。

「また明日の映画を楽しみにしてくださいと館長はいった。

しかし翌日もそのまた翌日も映画はぼくに微笑みかけてはくれなかった。次第にぼくは帰りの挨拶もしないようになったし、朝の掃除もいい加減なものになっていった。

そんなぼくに対しても館長はいつもどおりに接してくれていた。

ぼくはあることを決行した。

九十六作品目（題名は忘れた）の上映の途中、客席から立ち上がると場内をこっそりと抜け出した。

そして館長に警戒しながら事務室に忍び込んだ。

渦魔鬼《うずまき》

館長がいないのを確かめてから机の上にある書類や引き出しのなかを漁って、館長に関する個人的な手がかりを探した。上映が始まってしばらくのあいだは映写室から出てこないことは調べてわかっていた。狭い事務室を漁ることはたやすかった。そして思っていたとおりここからはなにもみつけることができなかった。きっとそういったものは住居として使用している三階にあるのだろうと思っていたから。しかし今日は三階へは行かない。行くなら明日でいい。今日確認すべきもうひとつ。ぼくは事務室内にある地下のフィルム倉庫へつづく扉を急いで開けた。足下に懐中電灯の光を照らしながら、そそくさと階段をくだりフィルム倉庫へと向かった。もう一度あの影猫と話したかったからだ。影猫ならきっと館長の秘密を知っているにちがいない。「ねこさーん、いませんか？　ねこさーん」とぼくは大きくも小さくもない声で暗闇に呼びかけた。長居は危険なので会うことができないと感じたなら早々に引き返すことも考えていた。懐中電灯を棚にむけるとまだ見知らぬ映画の題名が無数に浮かびあがった。そんなことを気にしている場合ではない。ぼくは懐中電灯の明かりを棚に床に暗闇に向けて影猫を探した。だめだ、やっぱりいない、懐中電灯の光を警戒しているのかもしれない、そうあきらめかけたときに不思議な物音が暗闇の先から聞こえてきた。しゅるしゅると薄い紙のようなものがこすれているみたいな軽い音。明かりを向けて愕然とした。一瞬状況が理解できなかった。光に浮かび上がった光景は、無数のフィルムがまるで蛇のように床を這いずり回り、重なり、くっつき、そして渦巻きのようになって床をおおいつくしているというものだった。すぐさまフィルムの渦巻きはいたるところに浸食していった。いつのまにかフィルムはぼくの足にからみつき、体にまで巻きついてきた。手の自由を奪われて懐中電灯が床に落ちたかと思うと音もなくフィルムの渦巻きに飲み込まれていった。全身にフィルムがぐるぐるに巻きつき、ぼくは身動きがとれずに倒れてフィルムの海のなかに沈んでいった。そして意識を失った。

眠っていたのかもしれない。

気がつくと大きな機械の中をぐるぐると回転していた。なんだかまぶしくて状況がわからない。

しばらく回転しているかと思うと、突然つよい力に引っ張られるように移動しはじめた。動きがあまりに速すぎて景色をみることができないが、どうやら薄暗い部屋の中にいるようだった。斜め上にあがったかと思うと上下左右に容赦なく引きずり流され、強い光にさらされて、目の前が真っ白になった。光に目がなれてくると、ぼんやりと辺りの様子がわかりはじめてきた。

薄暗い部屋に無数の椅子が整列していた。

まばらだけど、その椅子には何人か座ってぼくをみていた。

右の前方に座っている若い女性が真剣な表情でぼくをみつめていた。

真ん中にいる高齢の男性は寝ているみたい。

左後方には若い恋人たちがコソコソとおしゃべりをしている。

左前方には中高年の男性が眉間に皺を寄せて怒った顔でぼくをにらんでいた。

ぼくはスクリーンの中から客席をみていた。

いやちがう。

ぼく自身がフィルムになって上映されているんだ。

つぎの瞬間、客席は満席で通路には立見客があふれていた。

老若男女、どの顔も笑顔でいっぱいだった。

つぎの瞬間、客席はだれもいなかった。
いや、よくみると真ん中の席にいつもの高齢の男性がひとり寝ていた。

つぎの瞬間、客席は半分ほど埋まり、みんな泣いていた。

そして、
つぎの瞬間はいつまでもつづいた。
そのときどきで客席にいる人数は多かったり少なかったりと違っていたし、スクリーンからの光の反射で浮かびあがるお客さんの表情もそれぞれちがっていた。拍手をもらうこともあったけど、ゴミを投げつけられたこともあった。

もう　どの瞬間、なんだか……わからなく　なったが、

気がつくと　客席には、
誰もいなくなっていた

そんなに　おもしろくない　映画　なの　だろうか
と思った

でも、まって

目を凝らして　よくみると
人の影が　いるようで
誰かい　るように　み　え　た　……
影は　こちらに　やってきて
スクリーンに　手を　のば　し　て
ぼく　の　うで　を　つかんで
ぐいっと
ひっぱった

「やめろっ！」

崩《くず》れていき創《つく》られてもいく

あたたかなベッドの中で、ぼくは目を覚ました。

まぶたが重くてしっかりと目を開くことができなかったが、かすかに残っている力をふりしぼってあたりを観察した。静かな物音が耳に心地よく響いた。人の気配も感じた。右手で両まぶたをこすり、あたりを見回すとここが見覚えのある部屋であることがわかった。奥の小さな台所で調理をしている館長の後ろ姿がみえた。ケトルから湯気が吹きでていた。

ぼくはベッドからゆっくりと上半身だけを起こした。背中や肩、そのほか体中の関節をかすかに動かすだけでも針で刺すような激痛が全身にはしった。きっと、ここは映画館の三階の館長の住居なんだ。どうしてぼくはここにいるのだろう、と不思議に思った。記憶は遥か彼方でぼんやりとかすんでいる。ぼくは棚の上の一枚の写真に気がついた。家族写真のようだけど、ここからではよくみえない。立ち上がろうとしたらめまいでふらつき、ベッドに尻もちをついた。

「まだ無理をしないでください」

いつのまにか傍に来ていた館長が若草色のカーディガンをぼくの肩にそっとかけてくれた。

「三日のあいだ眠りつづけていたのですから」

そういうと館長はぼくに微笑みかけてくれた。

「もし食欲があるのなら、じゃがいもとマカロニのスープを作りましたのでいっしょに食べませんか？」

静かだった。

館長の部屋はあたたかくて、とても落ち着く部屋だった。

いったいぼくはなにをしているのだろうか、

そう思うと目から涙が止めどなくあふれてきた。

「ぼくは気がふれてしまったのでしょうか？」

震える声で館長にすがるようにたずねた。

「ふつうに暮らしていたのに、とつぜん蝶が飛びはじめて、蝶をみると気持ちが落ち着かなくなって、ちがうちがう、いまの自分は自分ではない、ここではないどこかにいかなくてはいけない、あっちへいけ、この道じゃない、そう思うようになって。アルバイトでお金を貯めて、家族に反対されても無視をして……目的もなく旅に出て、あの物乞いのおばあさんからもらったフィルムをたよりに、そうしてここにたどりつきました……館長さんと知り合い、映画とか映画館とかわけのわからないものに胸騒ぎがして……いまでも映画を百作品みれば何かが起こると信じて気持ちばかり焦って、でもなんの根拠もないし、ぼくがこうしてのんきに映画をみているあいだにも戦争で多くの犠牲者がでていると思うと……もう頭がおかしくなって、でも映画を観た晩には必ず変な夢をみて……それは神様からの役目みたいな感じがして、ぼくになにかをさせようとしているみたいで、とても苦しくって……ぼくはやっぱり狂ってしまったんでしょうか？」

叫ぶように、ぼくは胸の内をすべてを吐き出した。

呼吸がうまくできない。

館長は黙ってぼくのことばを聞いていた。

涙を服の袖でぬぐっているぼくに、館長はハンカチを差し出してくれた。

「以前、私に名前を聞いたことがあると思いますが、実は私はあるときから影といっしょに名前を失くしました。そのかわり、名前のようなものを与えられました。私にとっての名前のようなもの、それは〈四番目のテラ〉といいます」

と館長は告げた。

そして服の胸ポケットからなにかを取り出した。

ぼくが持っているものと同じフィルム片だった。

「私には和音さんの気持ちがわかります。なぜなら私もあなたと同じだから。そして、あなたのもうひとつの名前のようなものも知っています」

ぼくはことばがでない。

「あなたのもうひとつの名前のようなもの、それは〈五番目のキュラソ〉といいます。私はあなたのことをここで長いあいだ待っていました」

第三幕

五番目のキュラソ

ドゥディディ・カッカバア

暗闇しかない
いや　よくみると
暗闇は大きな人のような形をしているようにもみえる
それは細く長い腕のようなものを伸ばして暗闇をつかみとり
パズルのように組み立てているようにもみえる
腕のようなものはいくつもあり
いくつもある腕を放射状に伸ばして
なにかを作ろうとしている
永遠に
すると　ある暗闇と暗闇がぶつかりあい
まぜあわされて
中心から弱々しく光りはじめる
熱のようなものをおびはじめているようにもみえる

わたしは全てを監視している

光はゆっくりと肥大していく
光というよりもガスのようだ
光のガスに取り込まれても
大きな人のような暗闇は無関心でいるかのように
長い腕を動かしつづけている
そして　いつしか光に負けてみえなくなる
光が空間全体を包みこむと
その中心から強烈な爆発が起きる

爆発は一瞬で終わり
暗闇とはちがう姿をした新しい闇が全体を覆いつくす
闇に目を凝らしていると小さな星がみえる
これは宇宙の始まりのような姿にもみえる
ところどころで小さな爆発が起こる
いくたびも　なんどでも
巨大な彗星がいくつも流れていく
そのひとつがこちらにやってきて衝突し　大爆発を起こす
光の中で静止
映像は水中となり　白い粉のような小さな生物があらわれる

わたしは全てを監視している

粉のような微生物が魚に食べられる　その魚は鯨のような巨大な生物に飲み込まれ　鯨のような哺乳類は縦横無尽に海を泳ぎまわり海面をジャンプする　大陸がある　鯨のような哺乳類が大陸に乗り上げ　突起のような小さな足で砂浜を歩く　突然現れたカナブンのような昆虫の群れに鯨は襲われ骨になる　カナブンの群れはくちばしの鋭い鳥の群れに食べられ　鳥の群れは大地を二本足で歩いているときに毛むくじゃらの四足歩行の猛獣に食べられる　雨が降る　緑色をした草が茂り　森となり　突然すべてが腐りはじめる

荒涼とした赤い大地
風が赤い砂をまき散らす
すると大地から人の形をした不思議な生物が浮かび上がる
その生物は起き上がり、棒のように立ち尽くしている
蜘蛛のような足を持った鳥が歩いている
そして人の形をした生物を食べて飛び立つ

わたしは全てを監視している

人のような形をしている生物が交わっている　ひとつの体内から
分裂したように子が産まれる　交尾は果てしなくつづく　いつし
か争いごとが起こる　人の形をした生物が群れになり　人の形
をした生物を暴力で襲い　死に絶えた生物にかぶりつき醜い共食
いがはじまる

わたしは全てを監視している

大きな川の流れ
人の形をした生物が流れていく
ひとつ　またひとつ……
けたたましい爆発音
黒煙　悲鳴のような無数の叫び声
川には
さまざまな動植物たちも死に絶えて流されていく

屍はながれ流れて海へと広がる
海はそんな屍で埋め尽くされている

わたしは全てを監視している

川を流されている人の形をしている生物が
かすかに動く
流されながらも両の腕を胸の上で重ねて
祈るようにことばをつぶやく
ドゥディディ・カッカバァと……

この作品には説明が必要です

「これからお話しすることは私のことと、もうひとつの私のことになります。別のいいかたをするなら〈実際の私〉と〈魂の中の私〉ということになります。抽象的なことばで申し訳ないのですが、私もまだよく理解できていないのでその点は何卒ご勘弁ください。

私の家は代々映画館を経営していました。代々といっても祖父の代からと聞いています。なんでも祖父の友人が映画監督になり、その映画を故郷で上映したいがためにいろいろと借金をして祖父が作ったそうです。町の外れにある小さくて古い映画館で、生活はぎりぎりでもちろん家族経営でした。貧しい暮らしでしたが、幼い私は毎日映画館に入りびたり映画を観て育ちました。いまの私ができたのは映画が学校であり先生だったからかもしれません。

父はよく私にいいました。〈たくさん映画を観なさい、つまらないもの、気にいらないものもあるかもしれないけれど、とにかく映画館で映画を観なさい。そうするといつか頬に張り手をくらうほどの衝撃的な作品と必ず出会い、おまえの人生が幸福に狂いだす〉と。

父が急死してしまい、一人息子だった私は十七歳で映画館を継ぐことになりました。母は病弱で腰も悪かったのであまり無理はさせられないし、閉館することも考えましたが映画館で育った私としては、若さもあってその決断をすることはできませんでした。家族と過ごした思い出に執着していたのだと思います。

経営は終始厳しい状態ではありましたが繁盛していた時期も少しですがありました。いまにして思えば夢のようです。すべての客席はお客様で埋まり、立ち見も多く、扉が閉まらないほどの大入り。ひっきりなしにお客様がご来場になるなんて今では考えられません……遠く幸福な思い出です。

あ、はい。前置きが長くなりました。申し訳ありません。この『ドゥディディ・カッカバァ』という不思議な作品についてご説明するにあたり、私の過去と映画館との関係が重要であると感じたからです。

あれは私が四十を過ぎた頃です。経営の傾きが限界まできていました。母はすでに他界していて、私ひとりで映画館をきりもりしていました。お客様は日に一人か二人でしたので、モギリをして映写をして掃除をしても大変ではありませんでしたがなんとかやれていました。

忘れもしません。その日は暑い夏がやっと終わりを告げて秋に向かう肌寒い日でした。お客様が一人も来ず、無人の客席で初回上映を開始しようとしたときに、ひとりの老紳士がやってきました。身なりの良い黒い背広を着て、背広に合わせた黒い帽子をかぶっていました。彼は帽子からは長い白髪と貫禄ある白髭が伸びていました。大きな目で私をみつめると売店の水をお求めになり、そのまま無言で場内に入り映画をご鑑賞になりました。私はその老紳士にどこか見覚えがあるような気がしていました。しかし、まったく思い出すことはできません。昔会ったような、なにかでみたような、しかし老紳士は私に声を掛けることはなかったのできっと気のせいだろうと思うようにしました。

上映が終わり、お客様をお見送りしようと階下に下りるとすでにお客様の姿はありませんでした。上映が終了しすぐに帰られたのか、作品がお気に召さなくて途中でお帰りになったのかわかりませんがよくあることなので、少し残念な気持ちもありましたが客席の清掃に向かいました。清掃と館内の見回りが終わると、私は映画館の戸締りをして映写室にいきました。明日上映の作品の準備をするためです。

すると不思議なことが起こりました。

まだ準備をしていないはずなのにフィルムがすでに映写機に用意されていたんです。理解できませんでした。こんな奇怪な現象は初めてのことです。自分が準備したことを忘れてしまったのか、とも考えましたがそれはありません。誰か別の人間が忍び込んで明日の映画の準備をしてくれたのか、そんなことはありえません。しかし映写機には確かに見覚えのないフィルムがスイッチを押せばすぐに上映ができるようにセットされていたんです。

脳裏に先ほどの老紳士の顔が浮かびました。あの初めてご来場になったお客様とこの謎のフィルムは関係があるのではないかと感じていました。

すると好奇心がふつふつとわきあがりこのフィルムがどんな映画なのか気になりはじめました。すぐにスクリーンに映して作品を確認する必要があると思いました。

私はおそるおそる映写機のスイッチを入れて上映を開始しました。

そして映写窓からスクリーンに目を向けて作品と向き合いました。

はい。そうです。このときのフィルムが今日の作品『ドゥディディ・カッカバァ』になります。こういった事情なので監督や俳優、すべての情報はありません。いつ制作されたのか、どこの国で作られたのかまったく不明になります。題名に関しては私が便宜的に付けました。ラストシーンで人の形をした不思議な生き物が川に流されながら祈ることばのようなものからです。

正確な意味はわかりません。はい、そうです。和音さんのいうとおり、私にも聞こえました。私には〈また失敗してしまった〉というように聞こえました。和音さんにはなんと？　そうですか。意味は近いような気がします。

内容はご覧いただいたとおりです。みたこともないような奇妙な生き物ばかりが登場するドキュメンタリーのような作りで……虚構と思うには生々しい迫力と説得力があり、まるで宇宙のはじまりと太古の姿を実際にみせつけられているような感覚になりました。直観でしかないのですが、あの作品は神というかこの世界を創った創造主の視点が、フィルムという姿に変わって私に何かを伝えにきたように思いました。まるで宇宙や生命が生まれては消えていく、輪廻の姿を教えるかのように……。

この晩から私は同じ夢をみつづけることになりました。光の海の中を漂い、ひしゃくのようなものですくわれて人間になる夢です。そしてマリーゴールドが私に話しかけてくるようになりました。もう少し具体的にいうならばマリーゴールドをみているところの中にある迷いや戸惑いについて誰かがことばのようなものを投げかけてくれるようになりました。

ご気分は大丈夫でしょうか？　それはよかったです。この話をするのは初めてのことなので……よかったらコーヒーでもいかがですか？はい、いまからインスタントですがお持ちしますね。ちなみにあそこに飾っている空瓶は老紳士が飲んでいた水の瓶になります。記念というわけではないのですが、あの不思議な日は空瓶を通じて私の中でひとつに結びついていますので。

コーヒー、熱いので気をつけてくださいね。クッキーもよかったらどうぞ。

つづけます。夢は私にこの星の価値を問い続けていました。争いごとが絶えない暴力的な世界に存在の価値があるのかと。私はどうすることもできずに、ひとり思い悩む日々を過ごしました。ある日、マリーゴールドの手入れをしているときです。ふと疲れて手を休めていたときに風が吹きました。風は鮮やかに咲きほこっているマリーゴールドをゆらしました。ゆれているマリーゴールドをながめているうちに〈いまは映画の種を蒔いていればいい。いずれそのときがくる〉と、こころの中でもうひとりの私がつぶやきました。だから私はお客様が来ても来なくてもただひたすら毎日映画を上映していました。

しかし、ある日とつぜんに世界が終わりを告げました。

私が判断を下すまえに、世界の数か所に強大な力を持つミサイルが落とされてこの星があっという間に終焉を迎えてしまいました。私は間に合わなかったのだと思います。このような悲劇を迎えてしまう前に、方法はわかりませんが私が価値があると判断してさえいれば世界は救われたのかもしれない、そんな傲慢な考えに支配されました。報告の義務を怠った罰が下されたのだと思います。気がつくと私とこの映画館だけが何故か残されて新たなこの世界に生まれ変わっていました。そして映画も映画館も無い世界になっていました。私は私の知らない世界で孤独になりました。それ以来、夢もみなくなりました。私の役目は終えたのだと感じました。でもちがいました。私は思います。あの老紳士の方は祖父の友人だった映画監督ではないかと。そして老紳士は私の前の世界から来た三番目の方で、あの日私に役割を引き継ぎにいらしたのだと悟りました。

そしてマリーゴールドはもうひとつ教えてくれました。次に私が五番目にこの役目を受け渡さなければいけないということを。私が結論づけることができなかったこの大いなる使命を、次に受け継がせなければいけないということを。

美しさの数

それから、ぼくと館長は初めてふたりで映画を観ることになった。

とても自然な流れで。館長の告白はぼくに大きな安心と信頼を与えてくれた。

「映画が観たいです」

そのぼくのことばに館長は喜んで賛成してくれた。

「いま、映画をたくさん観たい気持ちです」

「なら今夜はオールナイト上映なんていかがですか？」

目に涙をためていた館長はにっこりとしわくちゃな笑顔をみせた。

「オールナイト上映？」

「私がいた世界では週末には夜通し映画を上映していたんです。映画好きのお客様がたくさん集まって」

「とてもいいですね」

「眠くなったらそのまま寝たっていいんです。いびきと歯ぎしりはダメですが。目が覚めても映画はまだ続いています。だから映画の世界に身もこころもゆだねるんです」

窓辺の空瓶が夕焼けの赤い光線でうれしそうに輝いていた。

この夜のことをぼくは生涯忘れることはないだろう。広い客席にぼくと館長は並んで座り、朝までたくさんの映画を観た。ひとつが終わればふたりで地下のフィルム倉庫まで行き、手当たり次第に映画を選んでは編集作業をした。そして編集作業が終わればすぐに上映し、終わればまたふたりで地下まで走った。途中でぼくが乾燥したパンでトーストを焼き、甘いミルクティーを淹れてふたりで夜食をとった。

映画は上映が始まるまで題名もわからず、観終わるまで内容も監督も俳優も何もかもわからないという形で観ていた。それがとても楽しかった。

うっかりと寝てしまったのかもしれない。

なぜならぼくは広大な宇宙を飛んでいたんだから。

これは夢の中なのか、または映画の中なのか。

横をみると、館長もいっしょに両腕を羽のように広げて飛んでいた。

眼下に星がみえた。

ぼくの星、水の惑星キュラソ。

「美しいですね」ぼくはいった。

そして館長がぼくの右手をにぎった。

「ほんとうに」館長は笑った。

ぼくと館長は手をつなぎながら自由に宇宙を飛びつづけていた。

「観てください」と館長が指差すと、

惑星キュラソに映画が映写されていた。

宇宙空間の暗闇に丸い惑星がスクリーンとなり、映画が映しだされていた。その作品はぼくが初めて銀河マリーゴールドシネマで観た映画だった。

ふたつの心臓を持った男の物語だ。

ゆらゆらと宇宙に揺られながら、ぼくと館長は映画を観ていた。

すると走馬灯のように映画のシーンは次々と変わっていった。

いままでみた作品の名場面が断片的に流れはじめた。

ある主人公は怒りに拳を震わせ、

ある主人公は愛する者の死に涙をこらえ、

ある主人公は悲しみに暮れる子供たちを笑わせようと滑稽に踊り、

ある主人公は戦場で傷ついた仲間に最後の飲み水を渡し、

ある主人公は難病に効く特効薬の発見をして同僚と喜びを分かち合い、

ある主人公は荒廃した砂地の世界に食物の種を植え、

ある主人公は天災に崩壊寸前の文明から人々を救助し、

ある映画監督の老紳士は真剣な眼差しで役者たちへ演出をし、

ある映画館の館長は映写室で黙々とフィルムの編集作業をし、

そして、

ある主人公としてのぼくはキラキラした瞳でスクリーンをみつめていた。

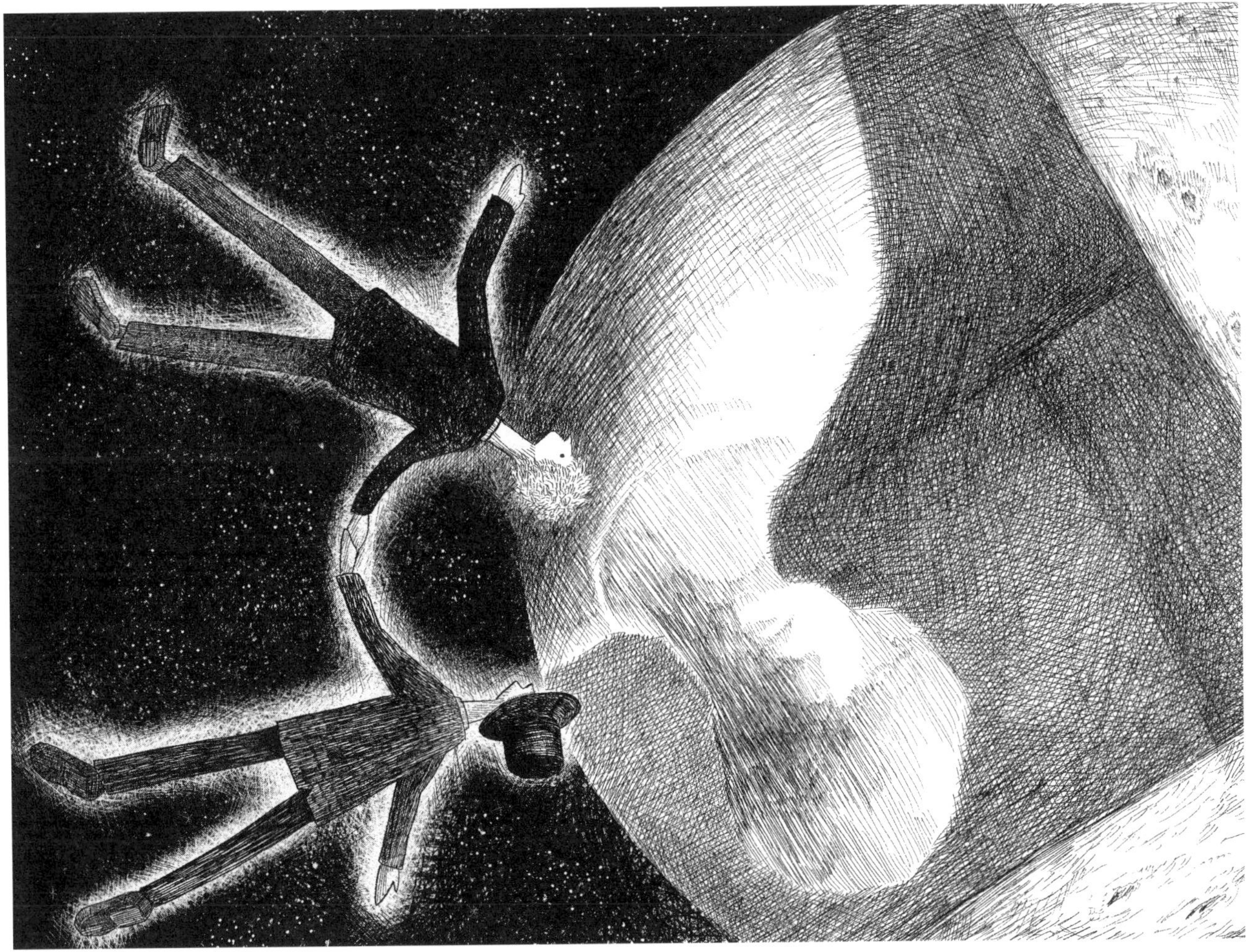

第四幕

報告

いま、あなたに
はじめてご報告いたします
結論からお伝えするならば、
このキュラソという星は、

不要に思います

しかし、その結論に達するまで
ある程度の時間が必要でした

昨日もラジオのニュースから
ある国のある街が爆撃されたと
抑揚のない平坦な声でアナウンサーがいっていました
多くのいのちが失われたそうです
昔お世話になっていた宿の女将さんは
兵隊として戦場に行った息子さんをいつまでも待っていました
いつも知恵の輪をしていた理由を問うと
知恵の輪は息子がプレゼントしてくれたもので
この知恵の輪が解けたときに必ず息子は帰ってくるのだ
そういって真剣な表情で知恵の輪と向きあっていました
知恵の輪がはずれることのないまま
ある日、息子さんの死を告げる連絡がありました
女将さんは涙をこらえながら
知恵の輪を黙々とつづけていました

わたしは女将さんの肩にそっと手を置くことしかできませんでした
自分の無力さに怒りを感じました
女将さんは亡くなるその時まで
知恵の輪を片時も手放すことはありませんでした
悲しみを背負う人々は大勢いても
救済できる人はとても少ないのです
ひとつの戦争が終結しても
また別の戦争がはじまり
争いが無くなることはありません
戦争だけではありません
次から次に人々を苦しめる出来事が起こります
なぜでしょうか？
この世界にはさまざまな不幸なことがあふれています
暴力も差別も憎しみも嫉妬も
すべて連鎖しています
それを止めるすべを誰も知りません
だとしたなら
終わりにしてもいいのではないかと思います
しかし、そんなとき
苦難が絶えない現実の対極にはなにがあるのかを考えました
わたしにとってそれは映画でした
映画館であって
館長の存在でした

映画も映画館も無いこの世界でただひとつ
森の中に隠れるように存在する
不思議な映画館・銀河マリーゴールドシネマで
わたしは館長と出会いました
なにもわからないわたしに彼は映画のすべてを教えてくれました
毎日あらゆるジャンルの作品を選んで上映してくれました
上映が終わっても余韻にひたる時間を与えてくれました
館内は掃除が行き届いていましたし、
休憩室には関連の本が棚にぎっしりと並んでいました
映画館の仕事についても嫌な顔もせず親切にご指導くださいました
わたしは館長と過ごした時間から
大切なものをたくさん学びました
なにげない会話の中で
ささやかな食事の中で

館長は不思議な人でした
いっけん無口にみえますが
けっしてそんなことはない
こころの中ではたくさんのことばを話している
しっかりとした考えはあるけれど、
それを相手に強要しようとしない
運命というものがあるのなら
おそらくその流れに身をゆだねているような

わたしは、
この映画館に入り浸り、
映画というものを
星の数ほど鑑賞しました
そして、観るだけでは結論がつかず、
その映画館の館長が亡くなってからは、
わたしが映画館の運営を受け継ぎ、
前任の館長から教わった仕事を
淡々とひたすら真似て、
およそ半世紀ほど、映画館を続けてみました

館長が亡くなる前の晩のことでした
小さなベッドの中で
痩せて衰弱した体で
乾いた唇から
やさしく　ささやくように

映画の中から
美しさの数をみつけて
そして増やしてくださいと
館長はわたしにいいました
館長はいなくなりましたが
わたしはそのことばを支えに
映画館を運営しながら

映画の中から美しいシーンやセリフを探しつづけました

そして
たくさんの
たくさんの
美しいものを知ることができました
光と闇の存在と同じように
美しさと醜さの存在と同じように
対極する関係性の中にこそ
万物の存在する理由が生まれるということを
暗闇が深ければ深いほど
スクリーンの映像は鮮やかさを増し
対極にいるもの同士《どうし》がその存在を認め合い
支えあうからこそ
宇宙の均衡が保たれ
美しさが誕生するのだと気づきました
だから、わたしは映画という世界の側から
この星の成り立ちの対極について
観察しつづけていくことに決めたのです

映画というものは
この星で人間が創りあげたすべての芸術と等しく
力強い生命力と人間というものへの尽き果てることのない探求心、
美しさへの敬意と象徴で満たされていました

フィルムの中の登場人物たちは
災いに立ち向かい
誰かを愛し
泣きながら笑い　笑いながら泣いている
そして自分が生まれた理由を常に探していました

映画館というものは
人々に映画の素晴らしさを伝え
こころの中に美しさの種を植えつけてくれる
その種は人々の中でゆっくりと芽吹き
いつしか花を咲かせて実をむすぶ
すると人は人にやさしくなれるのです
そのことを実体験として学びました

そして館長という人は
映画をとおして
人間の愚かさや無力さを
そしていのちの尊さを教えてくれました
人も虫も動植物も
あらゆるいのちを理解することの難解さは
宇宙の神秘と同等であるということを
争いを好む人間がいると同時に
映画や芸術で人間の希望を描く人間もいるということを

もしも……

まだ時間をいただけるのであれば
この星の調査と研究が
必要に思われます

なぜならば、
この星は
五度の生まれ変わりを繰り返しています
そのたびにわたしのように役割を与えられた者たちは
判断ができずに生き続けるあいだ苦悩していました
おそらく、わたしは思うのです
みな
大海ほどの絶望の中から希望をみつけだそうとして
でもみつけることができなくて
あきらめかけたそのときに
額から汗が一粒落ちたのです
それが唯一の希望であるというように
わたしが持つ力があるとするならば
それは想像力でしかありません
そのわたしの力がそう語りかけるのです
美しさの数が
もし醜さの数にかなわなければ
この星は不要かもしれません

不要を不要のままで終わらせてしまえば
すべてが消えてしまえば
すべてをリセットしてやりなおしてしまえば
しかし、
美しさのひとつひとつに目を向けてみてください
小さな光や
ささやかな笑い声に
それらを集めて、ふくらまして
信じてみることの中に
いのちの存在する価値があるように思います
太陽の光を一身に浴びて輝く
窓辺に飾られたつまらないガラス瓶の美しさのように

最後に
館長がわたしにいってくれた本当に最後のことば

「またいっしょに映画館で働きましょう
宇宙のような暗闇の中で」

このことばを思えば
いつでもわたしは館長と会うことができます
悲しくはありません

以上が
ご報告になります
最終的な判断
および
わたしへの処罰については
お任せいたします

終幕

千年先の映画館をあなたが創造する

朝の陽光がロビーを照らしていた。庭から鳥たちのさえずりがにぎやかに聞こえた。上映の準備はすでに終わっていた。目をつむり太陽に顔を向けると、まぶしくて、あたたかくて、やさしくて、そして平和だった。まだ少し時間があるので、このまま鳥たちの歌声を聞いていた。森独特の朝の甘い空気をたくさん体の中に吸いこんだ。

おや？

どうやら朝方雨が降ったのだろう。満開のマリーゴールドの花びらや葉に雨のしずくが輝いていた。空気に土の香りまでほんのりと含まれていた。今日上映する作品に思いをはせる。トカマク・ホウレンソウ監督『されど蘇鉄《そてつ》』について。終始一貫して自らの世界観に徹する鬼才だ。デビュー作品『ブラボー御殿』には度肝を抜かれたし、『デミグラス・カーペット』には愕然とさせられた。『されど蘇鉄』について前任の館長の上映記録帳にはこう記されていた。

【人類滅亡を防ぐ秘薬として蘇鉄という植物が大量栽培される。しかし、あるマッドサイエンティストにより人間と蘇鉄の融合種であるヒューマノイド型生物が誕生する。知性と未知の能力を持つ蘇鉄人と人類との激しい戦争が始まる。不条理なSFアクション作品の典型。低予算ゆえチープな特撮ではあるが、それが逆に作品に個性を与えている。人類救済で栽培されたはずの蘇鉄に復讐されるという皮肉が痛烈。暴力シーンが多く、その点は辟易。喜劇役者クリスティン・ボノエフが演じる三枚目の主人公がラストにクールに決めるセリフが愉快。「われわれ

の生活はあの日を境に劇的に変わった。もうあと戻りはできない」。三枚目が一瞬だけ二枚目にみえた】

上映作品はなんとなく気になったフィルムから選んで上映している。前任の館長もそうしていたといっていたが、彼はわたしのために実に真剣に選んでくれていたのではないかといまでも思っている。フィルム倉庫の暗闇をゆっくりと散歩しながらフィルム缶に記入してある題名をのぞきみる。すると、ほの暗い中からぼんやりと題名が浮かびあがる。明日はこれがいいな、とこころが感じる。

だけど反対派がいる。

倉庫番の影猫が「こっちがいい」「いやあっちのほうがいいにきまってる」とにぎやかに邪魔をしてくる。わたしは影猫と議論をして決めているのだが、それでもなかなか決まらないときには渦魔鬼にお願いしてフィルムでぐるぐる巻きにしてもらい、フィルムと一体化して気持ちを落ち着ける。そこまですると影猫もあきらめてわたしが選んだ作品を優先してくれる。渦魔鬼に巻かれることは肉体的にしんどいのだが、ときおり自分自身が映画の一部になって映画の気持ちを理解することは、世界と孤立して生きているわたしにとっては唯一の刺激でもある。

わたしはいまでは館長と同じ年齢になっていた。いや、すでに越えているかもしれない。どことなく容姿も似てきているような気がする。館長らしい貫禄がでてきたのだろうかと思うと、とても嬉しい気持ちになる。

きっと今日も誰も来ない。明日も同じだ。誰も映画を観ない。映画館は、ただここにあるだけだ。

この世界の人間もかなり減少してしまったし、映画館という忘れられた施設に足を運ぶ物好きな人間などいるはずもない。いまの人間たちは感情の起伏や想像力など、不必要なものだと放棄していた。彼らは争いを無くすために感情を拒絶したのだ。多くの人間は平和を手に入れるためにそれらをあっさりと捨てた。それが正しい選択だったのかはわからない。しかし確かにこの数年戦争は起こっていない。事実かはわからないが、少なくともラジオのニュースではそういっている。大半の人間は特殊素材の衣服で全身を保護しているために病気にもならない。まるでいつかみたSF映画のような世界だ。

わたしはというと、その逆を選んで生活をしている。喜怒哀楽を価値観として優先し、従来の人間の営みを感じるような古くて面倒が多い生活や考え方を貫いている。だからすぐに病気になるけれど。

いつしかわたしはあの不思議な夢をみることがなくなっていた。

風船に空いた小さな穴から空気が少しずつ抜けてしぼんでいくように。わたしは右のポケットに手を入れてフィルム片を触った。

触ったというか、その存在が消えていないかの確認をした。

指先でなでるとほっとした気持ちになった。

マリーゴールドの花が風に揺れていた。

きっと今日は不思議な一日になる予感がする。

なぜなら、先ほどから映画館のまわりを青い蝶が楽しそうに舞い踊っているからだ。

「あの……」

背後から若い男の声がした。

振り返るとひとりの青年が入口で照れくさそうに立っていた。

どこか若き日のわたしに似ているその青年は、手にフィルム片を握りしめていた。

「あの、ここは何のお店でしょうか？」

わたしはニコリと微笑み、こういった。

「ようこそ、銀河マリーゴールドシネマへ」

高峰《たかみね》和音《わお》が
銀河マリーゴールドシネマで観た
映画１００作品

高峰和音が鑑賞した順番になります。すべての映画名、監督名、俳優名、あらすじ、その他の情報はおそらく架空になります。〈おそらく〉としたのは、私たちにとっては架空であっても、高峰和音にとっては大切な映画として実在しているからです。

001　フォスターのふたつの心臓

94min
ヴィスタ／カラー／35mm

雑貨店経営のさえない男は強盗に銃弾で心臓を貫かれるが死なない。異形の男は組織に追われ逃げる。

監督：ディック＆ノーマン・バロウズ／出演：マキナニー・ホブスン、リズ・アジャスター、グリス・マーゴッド

002　異国の神

134min
ヴィスタ／カラー／35mm

輪廻転生を繰り返す少女の数奇な人生。生きる苦悩を背負い運命の旅が始まる。人生の意味を問う問題作。

監督：シリンダー・グーテンフォルソ／出演：アマンダ・サワキ、ラフカディオ・ザブン、オッソ・マッソ

003　点と文明

73min
スタンダード／モノクロ／35mm

人類が文明を築き、そして滅びる姿を高速映像で表現。神を名乗る男が出現し、発展と衰退の全貌を俯瞰して語る。

監督：ピエトロ・ピトロティアス／出演：アブソニ・ティトラアンス、ジョー·モウコス、ヴァヴァロック・ギュルム

004　群れそこなった渡り鳥

118min
シネマスコープ／カラー／35mm

人里から孤立して海辺の小屋で暮らす少女。毎朝海辺で誰かを待っている。ある日、傷ついたカモメを助ける。

監督：トリソッタン・フォークヴァレー／出演：アナスタシア・アファロ、ヒューブナー・ブルックス、アンソニー・ペパミン

005　ねむい湖

122min
シネマスコープ／カラー／35mm

湖が移動する怪現象〈湖足（コソク）〉で列島が混乱。謎は思わぬ悲劇を呼ぶ。人類は未知との遭遇に翻弄される。

監督：ラスタミズ／出演：エレノア・ザシューター、オリビア・カケル、ハリス・ハイアット、ギャビー・ドゥ

006　マカロニマン

98min
ヴィスタ／カラー／35mm

突然彼氏がマカロニマンになり、戸惑う恋人リラ。飢餓の町で彼がとった行動が食品廃棄物への警鐘となり……。

監督：トゥーティートゥーティー／出演：ジキルニー・ハース、キリコ・グース・クワイエ、アレックス・ラーズベリ、スキュリュス・パーソン

007　ネクタイとリボン

53min
ヴィスタ／カラー／35mm

中年のネクタイが出会った美しい少女のリボン。時代遅れのネクタイの淡い恋心を描くクレイアニメーション。

監督：ニンキキ・ハイウンカ
声の出演：ラウル・ブラウス、ミカエル・ランデブー、シーナ・ミンシャス

008　オルレリアンにしては上出来

113min
ヴィスタ／カラー／35mm

女好きなオルレリアン6歳は行方不明になったパパを探す旅に出る。世界一美しい少年が巻き起こす珍騒動。

監督：マキシミリアン五頭田
出演：オルレリアン・オリオル、ドミニク・ランダイオ、ケイコ・コスガ、ニコロス・サンタナ

012　パペピプポ

98min
スタンダード／モノクロ／35mm

郵便配達人の裏稼業は極悪人に死を告げるメッセンジャー。ある日、そのメッセージが自分に届き仲間に狙われる。

監督：アレハンドロ・アルツメッツォ／出演：アマンダ・ポー、ソフィア・ナックル、ビヨナザ・ドドナス

011　鉄塔賊ラ・カン

122min
ヴィスタ／カラー／35mm

天空そびえる鉄塔。その頂上まで行けば願いが叶うという伝説があるが守護神ライオンの〈ラ〉がその行く手を阻む。

監督：サフラン・フェミル
出演：アトラス・ジャスタック、ベルナルド・ロッチム、トマス・ベイ

010　歩幅男

97min
ヴィスタ／カラー／35mm

平凡なサラリーマンが突如会社を辞めて行き先不明の徒歩の旅に出る。二本の足に執着した旅は奇跡を巻き起こす。

監督：セバスティアン・レジアニ／出演：ペッピーノ・バティスタ、ペネロペ・アナブー、タラ・スティン

009　我ら断絶

75min
ヴィスタ／モノクロ／35mm

幼馴染で親友の中年男二人。自分たちの息子と娘を結婚させようと計画を企てるが思うようにいかない。

監督：ロドリコ佐久間
出演：森田よしと、ジュウシマツ·コトブキ、鳥野ウタエ、吉野はったい

016　デストロイ・アンド・イート

95min
スタンダード／モノクロ ※一部カラー／35mm

何かを破壊しないと食欲がでない中年男。ある日、ロールスロイスで眠る美女と出会い、真実の愛に目覚める。

監督：ロイロイ・チャンパ
出演：エド・マッソ、アナスタシア・ガーシュイン、フォアキン・ラジャ

015　あらゆる嘘

105min
ヴィスタ／カラー／35mm

不治の病のため長期入院中の幼い弟。兄は退屈している弟のために毎日小さなウソの物語を聞かせる。

監督：野羽亜論
出演：首藤ひろし、堤田ゆうや、伊丹美月、鶴亀·B＝ロックウェル

014　たんぽぽの素描

130min
ヴィスタ／カラー／35mm

盲目の老画家アランは妻と自然あふれる森の小屋で暮らしていた。突然の来客が森林を伐採し工場にすると言い出す。

監督：ゼニマール・ベア
出演：バラン・ザック、アズサ・ユーキャンフライ、アナスタシア・アファロ

013　ロックンロール・コロッケ

130min
ヴィスタ／カラー／35mm

駆け出しのストリートミュージシャンのヒバリは週末になるとシャッター商店街で歌っている。ある日、廃業していると思っていた肉屋が営業していると知り……。

監督：アメデオ・オンザライス
出演：平水あけみ、尾畑源内、右巻子、横島田幸助

020　気の毒でならない

110min
ヴィスタ／カラー／35mm

小説家を夢見て大都会へ来た彼は、未完の大作「気の毒でならない」を仕上げるため街頭インタビューを開始。

監督：アストラル・グゥミ
出演：ショーン・ライトミング、アダム・バヌマン、パッツィ・ラム

019　雷雨乱咲き

237min
シネマスコープ／カラー／35mm

ある平凡なカップルの出会いと別れを、ご近所付き合いを通して描く4時間の大作。日常風景の真骨頂。

監督：鈴鐘喜一
出演：鳥居絹代、紫蘇赤児、長曽我部宗幸、市松紋次、遠戸鉄平

018　メッタ打ちにされたエースピッチャー

15min
スタンダード／モノクロ／35mm

メッタ打ちされたエースピッチャー、帰り道を静かに歩く彼の姿を抒情的に描くモノクロ超短編人形アニメ。

監督：J・ブーキー・トキタ
声の出演：リュウ・コーセー、アケボノ町の人々

017　ゼンマイ仕掛けの残影

103min
ヴィスタ／カラー／35mm

超高層集合住宅で政府に管理されながら与えられた人生を送る人造人間たち。覚醒した特異点は処理されていく。

監督：レイニー・ポルト
出演：ジャコメッティ・アバロフ、キューラソハ・マリガン、ドントハント・キャル

024　ハズレの庭で

83min
ヴィスタ／カラー／35mm

美肌サンプルを集める為にいきすぎた医療行為に至る医師。理想の肌を手に入れようとする皮膚収集家の悲劇。

監督：ボニータ・アーガソン
出演：ニキド・ヴァルガモッソ、アンソニー・ララビイ

023　怒りの町オコジェ

118min
ヴィスタ／カラー／35mm

悪徳保安官オコジェに支配されている田舎町。そこへ旅人が現れ、住民たちからオコジェの退治を懇願される。

監督：オヤンゴン・レスポンス／出演：マクマホン・ウェイン、ステラ・アーガソン、ロバート・ガン

022　灯台守のホルル

91min
ヴィスタ／カラー／35mm

短期間灯台の職に就いた青年は最終日に嵐で遭難した漁船を発見。恐怖する青年の前に言葉を話す狼が現れて……。

監督：リーズ・エッサモッサ
出演：パレス・ライモンディ、リズ・トラベラー、シャポー・ワールドライス

021　大鳳凰堂書店の七階

106min
ヴィスタ／カラー／35mm

売れ残りの本ばかりを僕に薦める女店員。思わず購入すると『フェニックス7』と呼ばれる謎の部屋へ通される。

監督：加東ヤドリ
出演：準カイト、ココノエ・スイ、天満寺ソノオ、ヤコブセン・ミッチェル

028　怪物ヴァークの夢喰い

93min
ヴィスタ／カラー／35mm

死んでしまった大好きなパパの記憶を怪物に食べられてしまった少年は、思い出を取り戻す為に怪物に挑む。

監督：ロビンソン・ゼラビ
出演：アンダルシア・カトマン、キシミネ・カズオ

027　よく笑うジェシカの時間旅行

105min
ヴィスタ／カラー／35mm

徘徊する年老いた母親をみつけたジェシカ。眼前で母親は空中に浮かぶ透明なチャックの中に消えてしまい……。

監督：パトロシアン・ショーキダベシ／出演：ポテシャリナ・ヨイン、ライナー・ボックル、ララヤンナ・スィフー

026　ゼジーシェ・人類の仕業

97min
ヴィスタ／カラー／35mm

殉職した警官はサイボーグ〈ゼジーシェ〉として生まれ変わり、最新兵器で全ての悪を殲滅（せんめつ）していく。

監督：レイニー・ポルト
出演：ティダー・マイルドセン、ミシェル・バウンズ、ステッペン・ボイル

025　フィナーレ・ファンファーレ

88min
シネマスコープ／カラー／35mm

高齢化した村の鼓笛隊は全ての楽器を火事で失う。失意の中、廃材で楽器を手作りしコンクールに出場する。

監督：セシリーヌ・ガハメット／出演：ウィニー・カーバー、ツートン・オカベ、ライリー・ボトムスキ

032　さらば速達コウノトリ

120min
ヴィスタ／カラー／35mm

病におかされ死を宣告されたベテラン郵便配達人の老人。彼が最後に配達したいと願った一通の手紙とは？

監督：トラビス・ジャックマン／出演：テオドア・マルコス、鶯谷九兵衛、ドミニク・マロンパイ

031　骨オリゾン

93min
ヴィスタ／カラー／35mm

常に誤解され損ばかりの不運な男。彼は不公平な人生の中でも誠実に生きようとする。その彼の前に天使が現れる。

監督：ボニータ・アーガソン
出演：アンソニー・ペパミン、ムファロ・ユム、ファム・アンドロス

030　アルファニコルでも連日失敗

115min
ヴィスタ／モノクロ／35mm

山岸アルファニコルはトラブルメーカー。彼女はその力をビジネスに利用しようとある壮大な計画を思いつく。

監督：オルフェオ・マイナムーン／出演：エスカ・テッポス、ヒューブナー・ブルックス、ロイン・エポヤン

029　ところてんサワー

145min
シネマスコープ／カラー／35mm

アニメオタクたちが作る同人誌〈ところてんサワー〉。斬新な切り口で発行部数を伸ばすが友情に亀裂が！

監督：雲母カズヒコ／出演：あさも・さとし、リーユン・ツァム、ヴァネッサ・フォークナー、ライドウ・キンイチ

033　今夜も汽笛が我が骨に響く

146min
ヴィスタ／カラー／35mm

毎夜人知れず運航する一隻の客船。乗船した男はある面影を追って行き先不明の旅へと出発した。

監督：テイ・コウエイ
出演：リクシャ・スイカン、ワン・トウ、冨久重徳、フェイ・リー

034　シャンプーハット・バケーション

95min
ヴィスタ／カラー／35mm

海辺の別荘でバカンスを楽しむ恋人たち。彼女はシャンプーハットをしている彼氏の姿を見て興醒めしてしまう。

監督：アナ・マッケンジー
出演：ソフィア・シャリス、シザー・クリフ、ボブスン・ロブスン

035　素晴らしき我がフルコースを

100min
ヴィスタ／カラー／35mm

敵国の晩餐会で料理長を任された男。彼は料理人としての誇りを捨て家族を殺された恨みを晴らそうとするが。

監督：シュルツ・エステバン
出演：ボウキー・ラム、ジェセフ・ファラライト、ニッキー・マクドナルド

036　ツルコエ

117min
ヴィスタ／カラー／35mm

世界から一瞬だけ全ての音が消え、選ばれた一言だけが響き渡る怪現象〈ツルコエ〉。それは神からの警鐘か？

監督：ロドリコ佐久間／出演：烏丸ヒコ、耳田尚人、ゴズベルト・アハーン、トリソッタン秀美、五棒平甚平

037　チッグとハッグとポトナップ

45min
ヴィスタ／カラー／35mm

キツネのチッグとウサギのハッグが、森の中でポトナップという不思議な動物と出会うアニメーション。

監督：ニョッキハウス
声の出演：シルビア・キャノン、レオ・コマツダ、ソソノス・ブクロウ

038　君に話しかけているんだから応えてくれ

105min
ヴィスタ／カラー ※一部モノクロ／35mm

主人公の作家は眠りにつくと別人格になって謎の徘徊を繰り返す。ある日〈夜の彼〉が最悪の事件を巻き起こす。

監督：リ・キジュウ
出演：秋津慎吾、小柳ベル、セシリア・パーシナル

039　髪型が決まらない！

103min
ヴィスタ／カラー／35mm

異常気象で5年も雨が降りやまない。悲観する癖毛青年ボブオ、このままでは憧れのマドンナが取られてしまう。

監督：バーン・ボーン
出演：マルコ・エスメラルダ、ミシェル・アスキン、ロットル・ボーデヘー

040　クレイジー・アップルパイ

118min
ヴィスタ／カラー／35mm

事故で死んだ父親は神様と契約を結び、幼い娘と1日だけ過ごすことができるようになる。限られた愛おしい時間。

監督：ニコライ・グリムテッセン／出演：ヨポナス・デトロ、ミカ・アドルド、ランドムー・オハーセン

041　殺しのマーメイド

99min
ヴィスタ／カラー／35mm

リフレインという名の女殺し屋。彼女の新しいターゲットは海辺の町で暮らす生き別れた妹だった。

監督：ナターシャ・トゥート
出演：ナターシャ・トゥート、エリカ・ベニックス、サラ・シェルドン、ミスターシャドーエレファンズ

042　八宝菜専門店

95min
スタンダード／カラー／35mm

八宝菜専門店を開業したが集客ゼロ。精神のバランスを崩した店主は町の中華店を破壊しようと目論む。

監督：五十嵐塔彦
出演：浜中虎太郎、青田埼路子、堀垣別二郎、右巻子

043　ゾンビ芸術大学校

111min
ヴィスタ／カラー／35mm

アート系ゾンビたちが芸術を競い合うブラックコメディ。進化したゾンビたちの常軌を逸した美意識とは？

監督：メック・パブリゴンザレス／出演：ガレリア・プリン、アマンダ・ベッカリ、ジェレミー・ファン

044　デミグラス・カーペット

121min
シネマスコープ／カラー／35mm

異星人がバラまいた液体で大地が泥沼化してしまった世界。泥に埋まり死ぬ者、泥と共に生き残る者……。

監督：トカマク・ホウレンソウ／出演：アンソニー・クレム、バズ・ギギリス、スーザン・ライトナー

045　ロビンちゃんの映画一本道

87min
ヴィスタ／カラー／35mm

映画オタクの少女ロビン6歳。骨董屋で古い8ミリカメラをみつけて映画を撮り始め、映像世界に迷い込む。

監督：リヒャルド・ライモンディ／出演：カトリーヌ・ビッケル、フランチェスカ・ショボ、ミミカ・アソウ、スティーヴン・スペイド

046　エイアイだって歯磨きしたいもん

107min
ヴィスタ／カラー／35mm

AIアイドルのサクラはシンギュラリティを経てより人間に近づく。彼女は平凡な日常を愛してやまない。

監督：SAKURAkiyoshi
出演：関本蜜柑、小金井金太郎、魚松薫子、サボタージュ真弓

047　展望台にいる男と女の一部始終の会話

112min
ヴィスタ／カラー／35mm

男はタバコに火をつけながら恋人を待っていた。約束の時間を過ぎた頃、ひとりの女が展望台に現れた。

監督：アンソニー・カルヴォック／出演：マレーネ・デスコ、ジェラール・ムーサム、ジュリエッタ・イコルデ

048　片腕の画人

107min
スタンダード／モノクロ／35mm

事故で右腕を失った画家は絵が描けなくなる。ある日、彼の前に美しい女性が現れて肖像画を依頼する。

監督：貝塚禎一
出演：梶タケシ、九重推、スポイニー・シリング、天美和子

049　軽はずみ捕物帳

122min
ヴィスタ／カラー／35mm

異国の敏腕刑事ロックアダムは、刑事ドラマオタクの刑事ヤマトとバディーを組まされ誤認逮捕を乱発する。

監督：杉咲太郎
出演：三渡秀彦、ライリー・ザマック、右巻子、笠松徳兵衛

050　赤ツイードの男

※上映時間不明
ヴィスタ／カラー／35mm

ひたすら逃げ惑う男は真実の自分に辿り着き、狂気の世界へ暴走。呪われたフィルムが現実を破壊していく。

脚本・監督・編集・音楽・主演：赤道也／共演：竹輪次郎、ギャビーナッツ

051　ラスト・ギャラクティカ・シェイカーズ

97min
シネマスコープ／カラー／35mm

宇宙暴走族ギャラクティカ・シェイカーズ。宿敵コズモ団と全財宝を賭けて無謀なレースに挑む。出演者全員映画監督という異色作。

監督：ガラン・ベイビー／出演：シリンダー・グーテンフォルソ、ロベルト佐久間、トカマク・ホウレンソウ、ナターシャ・トゥート

052　葉脈の流れ

136min
ヴィスタ／カラー／35mm

熱帯雨林のある小さな村で天真爛漫に育った少女。美しく成長した彼女に富豪の息子が目を付け求愛するが……。

監督：トラン・ヌー・クックス／出演：スーシン・クァンケー、トム・オトゥール、サザ・フォークナー

053　硬くなった毛玉

106min
ヴィスタ／カラー／35mm

美術館勤務の女は毛玉を使った不思議なアート作品に魅了と困惑を感じ、山奥で暮らすアート作家を訪ねる。

監督：ビルバリー・ギャム
出演：ステーシー・オアハン、ガラド・スニフ、エドワード・バッギャム

054　くびすじにキスして

125min
ヴィスタ／カラー／35mm

血液販売店を経営している吸血鬼サム。人間の性格によって血の味が違うことに気がついて、あることを思いつく。

監督：ヤコブセン・ブレダン
出演：ヴェルナール・オクトー、シド・ヴェンダース、キャロル・マコビ

055　イビッツ

95min
ヴィスタ／カラー／35mm

八角形が無作為に増殖し始めると楕円形の大群が歪み、斜線の雨が大地に降り注ぐ。すると闇の王が降臨した。

監督：エドガー・ワードブルボノシュ／出演：シャキン・シャイナ、ヤニー・ヨット、ミリオンダ・ガルバン

056　掘削する月曜日

113min
ヴィスタ／カラー／35mm

月曜日は必ずある場所でパワーショベルを使い穴掘りをする女。ただひたすら掘削しながら人生を振り返る。

監督：ロベルト・キンクレイ
出演：ルルカ・アーニアス、ウエンビー・ギャッソ、ジェム・ロッテンマイヤー

060　身代わりボブ

87min
ヴィスタ／カラー／35mm

何でも屋のタケヤマ・ボブ、通称〈身代わりボブ〉はギャングの若頭から大金で人質の身代わりを依頼される。

監督：白樺幸歌
出演：ゲッコム・ダード、マリリン・リズモック、右巻子、オッペン・スゥイントン

059　コルコヴァンの椅子

119min
ヴィスタ／カラー／35mm

国王が病に倒れ、暴君の王子が独裁国家を築こうと企てる。法律で座ることを禁じて国民を苦しめる王子の前に、一人の少年が立ちはだかる。

監督：アバンギャル・ステマ
出演：ロングスト・ナハメル、ジャン＝ジャック・ソラリス、リル・ボーグナイン

058　蛸のオネンネ

96min
ヴィスタ／カラー／35mm

蛸愛好家のマヌロイは占い師からイカの生まれ変わりだと言われショックを受ける。蛸至上主義者の究極愛。

監督：ディック＆ノーマン・バロウズ／出演:ジェレミー・アレキサンドロ、ベッキー・デ・ルシアン

057　星降る夜のサーカス団

79min
スタンダード／モノクロ／35mm

深夜に現れる夢のサーカス団〈ミケロ・シャルマンのサーカス一座〉。幻影が踊り出し歌う摩訶不思議な一夜。

監督：アトラティス・ハポー
出演：バオ・ロンダマリン、ククルス・アッテム、ピヒャロ・ビビム

064　構造上の問題ではございません

112min
ヴィスタ／カラー／35mm

家電量販店の苦情係をしているアレックス。個性的な顧客のクレーム対応に日々追われる抱腹絶倒コメディ。

監督：カッツィー・ギャブスン／出演：ロビンソン・オヤマダ、アダムス・ブレッソン、コーコヴァー・ウィン

063　原材料家族

103min
ヴィスタ／カラー／35mm

閑静な住宅地で平凡に暮らす四人家族。ありふれた日常が永遠に続いていく中、突然父親が失業してしまう。

監督：トカマク・ホウレンソウ／出演：キャッシュベル・ラナ、エマ・トリコフ、シャザーン・ヴァウンティ

062　ブラボー御殿

105min
ヴィスタ／カラー／35mm

若き資産家ベラボーが経営する欲望渦巻く不夜城〈ブラボー御殿〉。ここではどんな願いも金で買えるという。

監督：トカマク・ホウレンソウ／出演：キャッシュベル・ラナ、クリス・ボノエフ、ライリー・オズマ

061　レ・クレイオトム

173min
シネマスコープ／カラー／35mm

謎の鉱石〈クレイオトム〉を巡って人類が醜い争奪戦を繰り広げる。欲望が入り乱れ、やがて破滅へと向かう。

監督：グレゴリオ・ブラスト
出演：ロブ・チャンドラー、バネッサ・ミルドラース、ヤクモク・ギギュン

065　知らぬ存ぜぬ猿芝居

95min
ヴィスタ／モノクロ／35mm

万年筆工場勤務の男は出世欲にかられ同僚の手柄まで奪う嫌な奴。彼の出生の秘密が暴かれその理由に震える。

監督：久松幻影
出演：マックイーン平井、ジェリコ・マンマホン、ロベルト・アルモドバル

066　赤蟹《あかがに》小脇《こわき》

98min
ヴィスタ／カラー／35mm

踏切に立つ少年に恋をする手品師の女。悲しい顔の少年の為に彼女は禁断の秘技〈赤蟹小脇〉を披露する。

監督：清宮のここ
出演：古木ゆめ、オルレリアン・オリオル、舌巻門左衛門、戸部あずさ

067　エターナル・ガーデナー

122min
ヴィスタ／カラー／35mm

孤高の天才庭師キャプラは、放射能に汚染された大地の緑化に生涯をかける。自然破壊を食い止める方法とは？

監督：ドクトル・キューレポー／出演：ククレナイ・ガブザ、リトラス・ペポラ、マイナムー・オーゴソ

068　メダカの背中に乗るアヒルは宝くじに大当たりした夢を見なかった

83min
ヴィスタ／カラー／35mm

小柄の中年男はキャラメル付き宝くじを毎週購入し、大金を得た夢を妄想する。それだけで楽しいはずだった……。

監督：オッツンパ・プーセン
出演：スートラン・クウ、ガンガー・バー、リュウシカ・アバウト、シース・ミー

069　ポッと出のくせに

107min
ヴィスタ／カラー／35mm

ベテラン俳優の女は新人俳優の青年に不覚にも一目惚れしてしまい、彼の魅惑に身も心も破滅していく。

監督：トリソッタン・フォークヴァレー／出演：アン・サドゥンリー、マイケル・ウォータース、リンダ・ハベイ

070　壁画喫茶の女

100min
シネマスコープ／カラー／35mm

芸術家たちが集う隠れ家的カフェ〈タリラ・リラ〉には人生を狂わす魅惑のウエイトレスが勤務していた。

監督：アトラティス・ハポー
出演：ソフィア・クリーム、ドノバン・レイモック、ルーシー・ロークシャー

071　宇宙規模で考えればたかが微々たるこの世界

105min
ヴィスタ／カラー／35mm

不幸な事故で天涯孤独になった少女は、イマジネーションを取り戻す旅に出る。魂の救済は宇宙に潜む。

監督：アメデオ・オンザライス／出演：シンシア・モリッツ、マキナニー・ホブスン、ミゲル・マッケンロー、ベンジャミン・レビニー

072　未解決デート

103min
ヴィスタ／カラー／35mm

二人の若いカップルは些細なすれ違いから各々疑心暗鬼になり、疑いの妄想が肥大化していき最悪のデートに。

監督：貝塚禎一
出演：梶タケシ、九重推、ジュウシマツ・コトブキ、右巻子

076　誰だってへばる

94min
ヴィスタ／カラー／35mm

受験・育児・就職・家族・夢みる明るい未来……どんな困難にも希望をみつける等身大ドキュメンタリー。

監督：シリンダー・グーテンフォルソ／出演：サーシア・バーンスト、ハーバード・マルチネス、オコナー・フット

075　ハテ果て

112min
ヴィスタ／カラー／35mm

時間に支配された人間たち。彼らは自らの寿命を首からぶらさげた懐中時計に託し、秒刻みの人生を生きる。

監督：アトラティス・ハポー
出演：マルチェロ・ベルターグ、レミ・シュナイダー、カティヤン・マーヴ

074　キシリトール・パラダイス

85min
ヴィスタ／カラー／35mm

思春期のロレッタは口臭が悩みで人と会話ができない。そんな彼女が超個性的な転校生に一目惚れをしてしまい。

監督：シリンダー・グーテンフォルソ／出演：アニータ・ハートフル、レイチャド・ダイオン、オッソ・マッソ、ゾーイ・ブルーブ

073　ダロ・モヘンジョ

127min
ヴィスタ／カラー／35mm

秘密結社〈マイネームイズ〉は奇妙な名前を付けられた不遇な人々が集まる政治的集団、その大いなる革命。

監督：ガマ・バスコダ
出演：ドンピシャン・ピチュン、ラルルル・ベッコーアメ、ショキーニャ・プニュルスン

080　さまよう物語たち

85min
スタンダード／モノクロ／35mm

映画評論家の出雲学はある新作映画を観てパクリ疑惑を感じ、映画監督に取材を申し込むがなしのつぶて。

監督：アストラル・グゥミ
出演：沢口蟹太、オヒョイマル・ルルベンスキ、シルビア・ニャオ、右巻子

079　エヌジー・スターマン

99min
スタンダード／カラー／35mm

NGシーンが大好きな男はある映画の撮影現場に忍び込み、NGを見たいがためにイタズラを仕掛ける。

監督：アヅキ・サラン
出演：オッソ・マッソ、ウエズリー・カッツェンバーグ、オッツンパ・プーセン

078　旅人の行く手にはいつも別れ道ばかり

97min
ヴィスタ／カラー／35mm

惑星探査船に突如侵入してきた異星人。彼らは宇宙秩序を語ると共に、船員たちに試練を与え審判を下す。

監督：スボイニー・トトマス
出演：ウエハース・ブルー、ザッピク・シグナル、アナスイ・シュバイツァー

077　氷の惑星シャーシャス

150min
シネマスコープ／カラー／35mm

氷で覆われた死の惑星に墜落した宇宙探査船は友好的な異星人と遭遇。しかし異星人の真の目的は違っていた。

監督：グレゴリオ・ブラスト
出演：ロブ・チャンドラー、マルチネス・ファブリック、ゲンペイ・ヤナギシタ

081　よさないかブギウギ

92min
ヴィスタ／カラー／35mm

朝から晩まで踊り狂う名もなき集団。謎の活動に注目したテレビ局がレポーターを潜入させて極秘で撮影開始。

監督：テルミン・トミタ
出演：ドリー・シャイニー、ルイス・ボークレイ、パトラス・ランボルギーニ

082　まぼろしの超人

103min
ヴィスタ／カラー／35mm

いじめられっ子の少年たちが金を出し合い、引退したプロレスラーを雇いヒーローに仕立てて復讐をする。

監督：やまき・ねこ／出演：キリシマ・タカト、マツシゲ・トミオ、サヤカ・カトウノ、ザ・グレート・ジャガー

083　暗殺者ソラティフ

143min
シネマスコープ／カラー／35mm

シリーズ第1作目。大仕事をやり終えたソラティフに忍び寄る影。暗殺者VS暗殺者の死闘が始まる。

監督：ガロパス・ナンギャード／出演：ソラティフ、ライム・キャンディコ、ゼペット・コーリャス

084　暗殺者ソラティフ・密林の設計者

144min
シネマスコープ／カラー／35mm

シリーズ2作目。南国でバカンスを楽しむソラティフは組織に追われている女を偶然に助けてしまい……。

監督：ガロパス・ナンギャード／出演：ソラティフ、ライム・キャンディコ、ゼペット・コーリャス

085　新暗殺者ソラティフ・刻まれた墓標

93min
ヴィスタ／カラー／35mm

監督・主演を一新したシリーズ最終章。ソラティフに暗殺を教育した恩師が牙を向く。史上最大の敵に窮地に追い込まれる。

監督：アントニオ・バリード
出演：キセリンジ・ジャッカー、ライム・キャンディコ、ゼペット・コーリャス

086　暗殺者ソラティフ・新世界の王者

143min
シネマスコープ／カラー／35mm

初代ソラティフが帰ってくるシリーズ復活編。ソラティフが壮絶な死を遂げた数年後、彼を名乗る偽物が現れ、悪事の限りを尽くす。

監督：ガロパス・ナンギャード／出演：ソラティフ、ライム・キャンディコ、ゼペット・コーリャス

087　瓦礫《がれき》王子

117min
シネマスコープ／カラー／35mm

廃棄物処理場がある荒廃した大地に植物園を築こうとする一人の青年。メタンガス、ヘドロから花が咲く。

監督：ゼニマール・ベア
出演：ロンメル・シルバーマン、ランドムー・オハーセン、エリカ・クロスビー

088　オンギャーボーイ

95min
シネマスコープ／カラー／35mm

泣き虫の赤ん坊マルコと陽気な野良猫アメデオが出会い、ギャングと騒動を繰り広げるドタバタアニメーション。

監督：トゥインクル・ミミ
声の出演：ピコ・ゲン、シミズ・サテヒコ、マリコ・トミヒサ

092　ロメロ

120min
ヴィスタ／カラー／35mm

車椅子の少年ロメロは行方不明になった兄を探すために、兄の恋人であるシゲヒトと奇々怪々な旅に出る。

監督：野羽亜論
出演：黄島小麦、鈴村ストリンガーハルト、セシル・シンクマリー

091　魂はどんな脇役にでも存在する

181min
ヴィスタ／カラー／35mm

念願の大舞台の端役を得た中年俳優。しかし演出家の激しい叱責が彼を精神的に追い詰め、初日の幕が開く。

監督：エバンス・アロー
出演：マキナニー・ボブスン、ラルフ・ベレッタ、トリーシャ・ベンヤード

090　残された人類たち

119min
ヴィスタ／カラー／35mm

地下シェルターで目覚めた36名の人類。地表の状況を知るすべもなく途方に暮れ、閉鎖空間で正気を失う。

監督：キーキ・バグナッシュ
出演：ダニエル・グッバイ、セシル・オーベック、ゼニマール・ベア

089　幕が下りるとオオカミの歌声が聴こえる

114min
ヴィスタ／モノクロ／35mm

老刑事は自らの過ちで招いたある事件を生涯追いかけていた。懺悔も謝罪も涙も、決して心の解放を許さない。

監督：レオン・メルヴィル
出演：セバスチャン・シゲキ、アビノール・カゼンビウム、ドクトル・ビバンセン

096　フクロウVS パイナップル雨

38min
シネマスコープ／カラー／35mm

パイナップル雨をくぐりぬけ虹ゴールまでたどり着くと願いが叶う。人間に憧れるフクロウは何度も挑戦する。

監督：ポウシャ・アマギ
声の出演：カペト・ツボイ、ベス・ゾーゲン、シゲサト・ナナイ

095　平和世界のブブナイドーラ

137min
シネマスコープ／カラー／35mm

『インパラポー』続編。新生命体に星を支配された人類は、彼らとの身体的融合を果たし生き残りの道を選ぶ。

監督：ルイーズ・バテガー
出演：ジャックミラー・ハンドルス、フォークミラー・テペト、ユルルシアンたち

094　インパラポー

154min
シネマスコープ／カラー／35mm

ヘドロから発見された新生命体。世界の終焉を示唆する出来事が溢れ出し人類が必死に抵抗する。

監督：ルイーズ・バテガー
出演：フォークミラー・テペト、ジャックミラー・ハンドルス、ガブブリアン・ドス

093　晩飯にありつけた敗北者たち

99min
ヴィスタ／カラー／35mm

試合に負けたボクサー、会議でミスった会社員、課題が酷評だった学生、神経質な家政婦、晩御飯はどうする？

監督：フキノトウ・マツダ
出演：レオポルド・ウェルズ、ジャガー重崎、エリセル・ベルク、ナイノミ・キンダース

097　発芽する惑星

83min
ヴィスタ／カラー／35mm

母親と暮らすマナカ8歳は謎の男から〈惑星の種〉をもらい育てる。少女はその種の秘密を知り愕然とする。

監督：シリンダー・グーテンフォルソ／出演：マリ・キミタ、ヤン・スースン、アマンダ・サワキ、マキナニー・ボブスン、オッソ・マッソ

098　ナウマン・ソング

119min
ヴィスタ／カラー／35mm

オンボロ映画館の館長になった青年。彼は閉館を食い止めるために大胆な嘘企画を思い付き宣伝を始める。

監督：小山田摩周
出演：伊沢イズム、桂木桐子、デンゼル・ハミルトン、左ヨリコ

099　テニアの風

95min
ヴィスタ／カラー／35mm

監督自身の不思議な夢を描く妄想ドキュメンタリー。幼い頃から風と対話してきたという監督の遺言とは？

監督：アトラティス・ハポー
出演：アトラティス・ハポー

100　ドゥディディ・カッカバァ

137min
変形スタンダード／モノクロ ※一部カラー／35mm

宇宙と生命の〈はじまり〉の記録映像。

監督／出演：不明

あとがき

果てなき映画たち

映画監督　犬童一心

とても気持ちのいい日だった。森は木漏れ日に溢れ、そこには、吹き抜ける風や鳥、幸せな音しかない。若い兵士は束の間自分が戦場にいることを忘れ、うっとりと永遠のような時間に身を任せる。彼の目の先に、ヒラヒラと天使のように舞う一匹の蝶が現れ、子供時代のように楽しげに手を伸ばし身を起こした。その一瞬を敵は見逃さなかった、発砲音が森に響き渡る。

死と静寂が森を支配した。（＃1）

まだ随分と幼い頃に見て、忘れられない消えない一瞬。作り物とは思えなかった。まさに「映画」。その映画はこの場面以外何も覚えていない。

戦場には、いや、戦場というより生の世界には死が身近にあること、残酷さは日常の中に潜んでいて、あいさつのようにさりげなく顔を出してくることを私に強く植え付けた。

その後もさまざまな映画に見惚れ、助けられ、浪費してここまできたが、やはり「映画」は死の予行練習のような気がしてしまう。

たくさんの死を見つめそれに慣れていくための装置。

「銀河マリーゴールドシネマ」、老館主の登場に姿を現す蝶がいる。それは兵士を死に誘ったあいつだと思った。描写の中に青い蝶と書かれていて、当時見た映画はモノクロであったから、そうか、あいつは青かったのかと今更教えられた気分になった。

その蝶のせいで、今、この読み進んでいる物語は生と死の狭間にあるのだと冒頭から感じた。

「映画」には、もう一つ装置としての役割がある。それは、人の姿をじっと長時間見つめ続ける機会を作り出すこと。

私たちには、実はなかなかじっと「人」を見つめ続ける機会はない。「映画」は登場人物の何気ない時間だけでなく、特殊な状況や心の瞬間にもそれを続ける。映画に出演する者にはメイクアップやライティングがあり、それに何より大きなスクリーンもある。必要以上にさあ見ろと「人」が差し出されている。

俳優はどこか生贄《いけにえ》のようだ。

映画が生まれて間もない頃、一人の天才監督が、悲しい少女の物語を撮影していて、死を迎える少女の顔、そのあまりの聖的な美しさに突き動かされカメラを顔に寄せた。アップサイズが生まれた瞬間だ。その時映画は自らの役割をはっきりさせた。映画は人を見つめる装置として完成した。（♯2）

「銀河マリーゴールドシネマ」の主人公は「映画」のない世界で生きてきた。今、初めてじっと人を見つめる経験をしている。彼は、その麻薬のように魅惑的な時間に取り憑かれていったのだと思う。

フィルム倉庫が登場してきた時、その居心地の良さにうっとりとしてしまう。無数の映画たちに包まれたえも言われぬ感触、それはもう忘れてしまったが、母に抱かれ信じきって呼吸していた時を思わせた。

きっとこの倉庫には、アンリという男がいて、棚の上に雑多に置かれたフィルム缶の中から、無造作に、でも確信を持ってそれを選び取り、映写機にかけている姿が浮かんだ。

アンリは、遠い昔ある街で、日々過去の映画を収集し映写し続けていた。彼はその映写された光を食べて生きていた怪物だ。（♯3）

その時代、独善的なアンリの選択と映写の元、観客から新しい映画作家たちが次々に現れ、革新的なフィルムを続々と生み出した。映画が進化したのだ。それから随分と時が経った。いつしかその作家たちも歳を取り、気づけばほとんどがいなくなった。つい最近、自ら死を選び取った気難しそうな細身の男がいたが、彼はアンリが生み出したもう一人の怪物だった。（♯4）

冒険家としても鳴らした、ある高名な映画監督J・Hが言っていた。

「夢をつかまえるのが、私たちの商売なのだね。フィルムの中に夢を封じ込め、暗い映画館の中でそれを観客に見せるのさ。その私たちもまた、暗い映画館という胎内みたいなところで、人々と夢を分かちあうのだね」（♯5）

時に人は「これはひどい、映画なんかじゃない」などと口にするが、どの作品も誰かが描いた「夢」なのだ、それは夢であるから本来身勝手で、自由で、欠けていて、どこか情けなく、人間的なものなのだ。

高名なJ・Hの言葉を借りなくとも、時代やジャンルや評価を超え、無数の映画が保管された倉庫という空間や、アンリのような怪物を思うと、映画は全てが映画で、もっと言えば、全てを指してこそ「映画」なのだ、と思う。

私は、この物語を読み進めながら、見なかった、きっと見ないまま終わるだろう無数の映画のことを思った。見てもいないのに、その無数の見なかった映画への感謝の気持ちに溢れた。私は、見なかったそれたちをいつもずっと感じて生きてきたのだ。その存在に見守られてきたのだ。

世界最大の映画作家、J・Rが言っていた。

「スクリーンの上に映像が動けば、それはもう全て映画だ」

そして、彼は言う。

「私を今日あらしめた環境とは、他ならぬ映画である。だからどこの人間だということを問題にするなら、自分は映画国の市民だ」（♯6）

「銀河マリーゴールドシネマ」はJ・Rの言葉に忠実で、そこにいる者は映画国の市民なのだ。読み進む私たちも市民の一人となって時を過ごす。

主人公は、「銀河マリーゴールドシネマ」で、果てなき映画たちを見続け、無数の物語、人、風景、思考を享受、「死」を受け入れるレッスンを終え、館主へと脱皮する。サナギから美しい蝶へと。どこか、それはモノリスと出会う経験のようだ。（＃7）

私たちにとっての脱皮は「死」なのかもしれない。「映画」は、「映画館」は、死を迎えるとき、生きた時間を納得するための手助けをしているのだろう。

「銀河マリーゴールドシネマ」は、今まさに、消えようとする「映画」、無くなるだろう空間としての「映画館」を、無限の愛おしさを込めて見つめた物語だと思った。

（＃1）『西部戦線異状なし』（1930）アメリカ映画
原作エーリッヒ・マリア・レマルク。監督ルイス・マイルストン。第一次世界大戦に出兵した若いドイツ軍兵士を主人公に、その過酷な戦争体験を描く。

（＃2）『散りゆく花』（1919）アメリカ映画
監督D・w・グリフィス。主演リリアン・ギッシュ。ロンドンのスラム街を舞台に、中国人青年チェンと、父からの虐待に傷つく15歳の少女ルーシーの恋愛を描く。

（＃3）アンリ・ラングロワ（1914〜1977）
パリにある映画博物館及び上映施設、シネマテーク・フランセーズの創設者。60年代初頭フランスで起きた映画革命、ヌーヴェルヴァーグの作家たちは、シネマテークの上映作品を見て映画に近づき、評論を始め、自ら作り始めた。

（＃4）ジャン＝リュック・ゴダール（1930〜2022）
フランソワ・トリュフォー、クロード・シャブロル等とともにヌーヴェルヴァーグを代表する映画作家。2022年、自ら安楽死を望み亡くなった。91歳だった。

（＃5）「ハリウッドとの出会いなおしについて語ろう（原題：WHO KILLED MARILYN MONROE?）」チャールズ・ハンブレット著。片岡義男訳。
ジョン・ヒューストン（1906〜1987）
アメリカの映画監督。俳優。フィルムノワールの名作を多く残し、親友であったギャングスター、ハンフリー・ボガートに『アフリカの女王』（1951）でアカデミー主演男優賞をもたらした。『チャイナタウン』（1974）など俳優としても多くの作品に出演した。

（＃6）「ジャン・ルノワール自伝」
ジャン・ルノワール著。西本晃二訳。
ジャン・ルノワール（1894〜1979）
フランスの映画監督。印象派の画家オーギュスト・ルノワールの息子。

（＃7）『2001年宇宙の旅』（1968）
アーサー・C・クラークの短編小説に触発され制作されたSF映画。監督スタンリー・キューブリック。〝モノリス〟は、その映画内に登場する謎の物体。月のクレーターで発掘される。巨大な漆黒の一枚板。光を受け、木星に向けて強い信号を放つ。その信号をたどり、木星探査に向かう宇宙船、その搭乗員に起こる出来事の果てに人類に進化が訪れる。

犬童一心（いぬどう　いっしん）

映画監督

1960年6月24日、東京都生まれ。

監督作品

『気分を変えて?』（1979年／8ミリ映画）、『ミッドナイト・ドライブイン・シアター』（ポッキー・ホラーショー）（1982年／8ミリ映画／オムニバス映画／他に手塚眞、今関あきよしらが監督）、『赤すいか黄すいか』（1982年／16ミリ映画／モノクロ）、『夏がいっぱい物語』（1983年・8ミリ映画）、『ロイドより』（1988年／未公開）、『金魚の一生』（1993年／アニメ）、『何もかも百回も言われたこと』（1993年）、『二人が喋ってる。』（1997年／長編監督デビュー作）、『金髪の草原』（2000年）、『伝説のワニ ジェイク』（2002年）、『ジョゼと虎と魚たち』（2003年）、『死に花』（2004年）、『いぬのえいが【ポチは待っていた】』（2005年）、『メゾン・ド・ヒミコ』（2005年）、『タッチ』（2005年）、『黄色い涙』（2007年）、『眉山‐びざん‐』（2007年）、『グーグーだって猫である』（2008年）、『ゼロの焦点』（2009年）、『のぼうの城』（2012年／樋口真嗣との共同監督）、『MIRACLE デビクロくんの恋と魔法』（2014年）、『猫は抱くもの』（2018年）、『引っ越し大名!』（2019年）、『最高の人生の見つけ方』（2019年）、『名付けようのない踊り』（2022年）、『ハウ』（2022年）

※『気分を変えて?』から『何もかも百回も言われたこと』までのカッコ内は製作年、『二人が喋ってる。』以降は公開年となります。

戦慄！　赤道也監督現る！

俳優・映画監督　竹中直人

まるで森林浴をしているような読み心地。映画浴、フィルム浴、そんな世界観。たった一コマのフィルムから紡ぎ出される果てしない物語。

一編、一編の映画が目の前に広がる。楽しく、美しく淡く、ばかばかしく、愚かに厳かに、儚く、激しく、繰り広げられてゆく。

美しいアニメーションを観ているような気分にもなった。

恐るべき原作者、荒河踊！

風の匂い、古本の匂い、そしてフィルムのあの、現像液の匂いさえも感じた！　飲む！　ごっくん！　冷たい現像液!!!　飲む！　いや!!　それは出来ない!!　胃に穴が空くぞ!!　おっ！　スープの香り！　飲む！　ごっくん！　温かいスープ、ごっくんごっくん飲む！　それならよし!!　飲む！　足音！　木の軋む音！　映写機がフィルムを回す音！　光！　厚いドアが閉まる音！　虫たちの声、影猫のどくとくな動き！　そして赤道也監督の影猫さえもたじろぐ、どくとくな動き！　そして、どくとくな声！　恐るべき原作者荒河踊!!　赤道也監督を演じたい欲が溢れ出る!!　もしアニメーションになるのなら、赤道也監督と影猫の声を演らせてくれ！

どうだ?!　原作者踊??　あんたの描く物語はフィルム映画に対するロマンチックな思いに溢れているぜ！

文章の行間までもがフィルムの一コマ一コマのようだ！

次はどんな映画が観れるのか……わくわくしながらページをめくったぜ!!

踊！　どうだ？　踊?!

踊が、弾むように小踊りしながら原稿用紙に向かっている姿が目に浮かんだぞ！

どうなんだ？　踊？

？　小踊りしながら書いたのか?!　おい！　踊！　やはりそりゃないか???　踊って

なんかいたら書けやしねーぜ！　ふと耳を澄ますと風の音が聞こえた。おお……Ｖ

ＩＥＮＴ……

おれはこの本を読みながら、ふと思った事がある。物語が後半に進むにつれ、高峰和音が映画館、もしくはフィルムの世界に呑み込まれてしまうホラー映画のように思えてきたのだ。

家が人を喰うダン・カーティス監督作品『家』（＃1）の映画館版だ。《恐怖！　人喰い映画館！　おぞましかーん！》

もしくは《戦慄！　人喰いフィルム・アメーバー！》そんなタイトルが浮かんだ。

うお～!!!

一度そこに足を踏み入れたら、あなたはもう二度と現実の世界に戻れない！「いやだー!!　なんとかしてー!!」「やめてとめて！　やめてとめて！」だめだ!!　お前がどんなに叫んでも、誰にも声はとどかない!!!　ノオーンマイ!!!　のお～んまい!!!

そんな感じだ!!

「おい！　それは全然違うだろ?!!!　何言ってんだお前?!!　タイトルは既に《銀河マリーゴールドシネマ》って決まってんだよ!!!　それにな、そんな時代遅れのコピーで誰が観にゆくんだよ!!?」

「黙れ黙れ黙らぬか！　貴様、一体何者だ?!　無礼ではないか?!　名を名乗れ！」

「やかましいやいこのやろう！　俺は誰でもねぇー！」

「だったら黙ってろ!!　もしくはあっちへ行ってろ！」

「あっちってどっちだ?!」

「貴様～！　減らず口をたたきおって!!　叩っ斬ったろうか?!!」

「うわぁ～！　落ち着け！　落ち着け！　分かった、分かったよ、そう興奮しなさんなって！　ちょっと落ち着こうぜ。な、吸うか？」

「いらねーよ、俺はな、タバコはもうやめたんだ!!　いいかよく聞け！　スタンリー・キューブリック監督作品『シャイニング』（＃2）とダン・カーティス監督の『家』

を見比べてみるのもなかなか面白いぞ！　やってみろ！」

「へぇ……そうなんだ……って……おい!!　その命令口調やめろ！」

「おい、あんた、もうさ、俺たち疲れてるんだからもっと落ち着いて話そうや……な……」

「ん?……よし、分かった。決着はこの会話が終わってからとしよう。お主、……忘れるでないぞ！」

「ああ……分かった……。いやさ、この物語を読みながら思い出したんだ。ある意味ゴシックホラーの要素も含まれていると思うんだよね」

「……何言ってんだお前?」

「おい！　てめえ、いい加減にしろよっ！　俺の背中のアナコンダ見せたろか?!?!!」

「うわぁ～そりゃいい！　見なくていい！」

「だったら黙れ！」

「はい……」

「よし！　でも、もし映画にするとしたら影猫の造形は面白くなりそうだろ?!　どうだ?!」

「おうよ！　しかしよ、マリーゴールドシネマで上映する100本の映画はどうすんだよ?　それはさすがに作れねえだろ?」

「それは大丈夫！　声と効果音、映画音楽のみで、映像は撮らねーから」

「なるほどな……映画を観ている和音の表情だけで良いってことか……。でも和音の演技力がかなり必要とされるぞ」

「そうだな……あまりにも色んなタイプの映画があるから表情だけで見せるのは大変だな……やっぱやめよう!!」

「何だよ何だよ、あきらめはえーな」

「はえーよ！　映画を作るって事はな、まずあきらめから始まるんだよ！」

「ふん！　分かったような口きいてんじゃねーよ！」

「何だときさまー!!」

「やるのか?!　え?!　やんのかよ?!　表出るか?!　表でるかっ！」

「ふん！……お前のようなやつは相手にしないよ！」

「けっ！　つまんねーの」

「へい、セニョール、もういい加減、落ち着いて話そーや、なっ！」

「ふん、分かったよシニョール！」

「おい！　その呼び方やめろ!!」

「あっ、はい！」

「この本を読みながら《映画館》って言うドラマチックな空間にゆったりと浸りたいって思いがあらたに募ったよ……。まだ娯楽が少なかった頃、映画館は特別な空間だったもんな。街にポツンとじゃなくて、どの街にも映画館があったからな」

「おう、そうだな……。俺たちの時代は入れ替え制なんてなかった。観た映画が気に入ったら、ずっとその映画館で繰り返しその映画を観る事が出来たもんな……」

「……上映途中でも平気で劇場入って観てたもんな。映画の途中なのに、全然気にしてない。途中から映画を観て平気だったんだ。そして次の上映が始まって、観たところまで観てそれで帰ってたもんな！　あり得るかそんな事?!」

「そう！　そう！　あり得たんだよな昔はっ！　今じゃ考えられねえな。それが普通だったなんてさ！」

「007（♯3）なんて、おれリアルタイムで全部観てるぜ。むかしはゼロゼロセブンって言ってたしな。『ドクターノオ』『ロシアより愛をこめて』を観た時はまだ小学校1、2年生だったよ」

「その当時の日本のタイトルは『007は殺しの番号』（1962）、『007危機一発』（1963）だったもんな！　この邦題を付けたのは水野晴郎さん（♯4）だぞ！　知ってたかお前?!」

「知らなかった……、そうなんだ……」

「そうなんだよ。昔、ユナイト映画にいた水野さんがこの邦題を付けたのさ！」

「へぇー、知らなかったぞ！　情報なんて今みたいにないからさ、新聞の広告や街角に貼ってあるポスターデザインに惹かれて観に行ってたな」

「まだ劇場でタバコが吸えた時代だよ」

「そうそう。びっくりだ。映写機の光にタバコの煙がゆらゆらしててな……一番前の席の床はタバコの吸い殻でいっぱいさ！」

「その風景を記憶している人たちはもう高齢者しかいないぜ」

「そうだな、高齢者だけだ。すげーな高齢者！」

「だな！　跳べ！　高齢者！」

「羽ばたけ高齢者！」

「うおー！」

「うわぁ～！」

「昔はロードショーって言葉に興奮したな！　劇場に入るとお客さんの後頭部がいっぱいあってさ。俺は子どもの頃から後方の席で観るのが好きだったから、お客さんの後頭部がスクリーンと一体化するんだ」

「じゃあさ、前に姿勢のいいやつが座ってるとむかつかなかったか？」

「ムカついたよ……！　後ろにもお客さんがいるんだぞっ！　てな。でも我慢するのさ」

「そうなんだ……」

「007を観てて、迫力あるシーンになるじゃん、そうするとお客さんはみんな『すげ～！』って言いたいんだけど、さすがに『すげ～！』って声に出して言えないから『げ～！』の音は飲み込むんだよ。それでも『す』だけは、ちょっと大きな声で出ちゃうんだよ。だってすごいシーンだからさ！　でも『げー！』の音だけは飲み込むだろ？　だから劇場に、大勢の『すっ！』『すっ！』『すっ！』って言う声が幾重にも重なってこだまするんだ。『すっすっすー』って！」

「へー　そうなんだ……」

「そーなんだって?!　なんだよその客観性は??　お前も経験あるだろ？　高齢者なんだから？」

「ねえよ！　そんなの！　高齢者、高齢者って、るせーよ！」

「ちっ！　感性に乏しい高齢者だなお前……」

「何を!!??　この高齢者がっ!!　うっ、貧血だ……」

「大丈夫か?!　落ち着け！　深呼吸しろ！」

「あう～　へモグロビンちゅーす……」

「……へモグロビン??　落ち着け！　代わりに俺が話すから！」

「ペンシルバニアに行きたいの……くぅくぅくぅ……」

「……なんだよなんだよ寝ちゃったよ……好きな映画を観るために見知らぬ街へ出かけるのも楽しかったな……。それぞれの街によって映画館の雰囲気が違ってて……映画を求めて初めて行く街にある初めての映画館……。劇場に入った時はまだ外は明るかったのに映画を見終えて外に出ると夜になってる感じが好きだった……夜の匂いってのもあったな……劇場入った時は晴れていたのに、映画を見終わって、映画館を出ると土砂降りの雨だったり……なつかしいなあの頃の映画館……たまんねーな……」

「おぅ、分かるよその感じ」

「！　びっくりしたー！　起きたのかっ?!」

「もう大丈夫だ！」

「ほんとうか？　鼻水出てるぞ?!」

「大丈夫！　安心しろ！　お前の言ってる事分かるぞ！　映画館を後にしてさ、観た映画の余韻に浸りながら見知らぬ街を歩く感じ、見知らぬ街の商店街の光が、映画の余韻を煽ってくれる感じ、俺も好きだったよ。そんな映画館も時代と共に消えてしまったな」

「どんどんどん消えてゆくよ……」

「どんどんどんどんどんどん……」

「ふと読みながら思ったんだ。自分は今、日本の映画界に存在してるのかな……って。上映記録のくだりに【動員数】って出てくるじゃないか?」

「うん」

「それにがつんとやられてしまったよ。おれはただ日本映画にしがみついてるだけだってな……俺にとっての日本映画はもうとっくに終わったんだ」

「なんだ急に??!」

「時代は大きく変わったって感じさ。新しい人たちがどんどん出てきて素晴らしい作品が生み出されてる。老たるものは去れ！だ」

「そうだな！　竹中も結構いい年なんだろ??」

「ぺりんぴゃ～!!!」

「ど、どうしたどうした?!」

「む、むむぅ～、以前に佐藤忠男さん（♯5）の【日本の映画人－日本映画の創造者たち】（２００７年‐日外アソシエーツ発行）と言う本に、自分の名前が載った時はとてつもない感動だった!! めちゃくちゃ嬉しかった。俺は映画人なんだってな！ でもそれはもう違う！ 俺はもう映画人なんかじゃないっ！ がっつ、すっぺんきりとぅ～！」

「!! おい!! おい！ どうした??!」

「うるせー！ うるせー！ がすたみくるちゅ～!! からんぶる！ びよんど！ びよんど！ うるせー！」

「うるせーのはお前の方だ！ 黙れ！ 黙れ！ 黙れ！」

「映画の世界は憧れだった。まさか自分がそんな憧れの世界に手が届くなんて思ってもいなかった。自分が映画に出るなんてな。そして監督までやるなんて……。でも今や俺にとっての《映画》は遠い遠い存在になってしまった」

「へぇ……。でもアレだろ？ もう１０本くらい監督はやってんだろ？」

「うん。やったよ」

「マリーゴールドシネマで上映してもらうってのはどうだ？ 高峰くんに観せてやれよ」

「いや。館長はかなり上映作品にこだわってそうだしさ、無理だよ……」

「そっか……館長のお眼鏡にかなわないとダメか……。おれ、あんたの作品、一本も観てねーからな。そもそもあんたが監督してるなんて知らなかったしよ」

「……何を貴様?!!! くぅ～貴様、何様のつもりだ!?」

「お互い様～！ 真っ逆さま～！ さかさま～!!!」

「ぐっ！ なんだとー?!」

「まぁまぁ落ち着けって。で？ 面白いの？ あんたの作った映画って？ どーなのよ？」

「むぅ～」

「ねぇ、どうなのよ？ ……ねぇ？ ねぇ？」

「るせーよ！ るせーよ!!! るせーんだよ！ てめぇ!!! 黙ってろ!!」

「分かった。黙るよ……。しかし、アホだなお前……」

「……」

「ず、こんにちはー！　赤うん、道也監督でーす！　映画、監督してまーす！　マリーゴールドシネマの世界へいらっしゃーい！」

「……」

「……」

「どうですかーっつ？　夢、見ませんかっつ？　かっつ。この物語には１００本の映画が登場しましょ？　あんたたちは高齢者!!　間違いなく、１００ぽん以上の映画を観ていると思うんでぇーございます！　でも、のーですかっつ？　印象に残った１００ぽんの映画を今すぐ挙げてみろ！　と言われたら……１００ぽん挙げられますかぁー？　のう〜ですかっつ？　それはわたしにも出来ましぇーん！」

「……おい。あんた本当に赤監督か？　原作とずいぶんイメージ違うな？」

「はい！　赤でぇーす！　どーですかっつ？」

「……どーですかじゃねーよ!!　テメェ本当に赤道也監督かって聞いてんだよ！」

「はぁーい！　赤でぇーす！　私の映画だけ、そう！　私の映画だけ、観てくださぁーい！　そしていいね！　いいね！　いいね！　いいね！って言って下さい！　いいね数、大事でぇーす！　SNS、神でーす！　傑作だ！　と褒めて下さい！　あなたはいつも最高だっ！って言って下さい！　では、さよならっつ！」

「おい！　なんだよ！　待てよ！　おい！　赤！」

すると赤監督が、ぴたっと立ち止まった！

月明かりが赤を煌々と照らしている。どくとくなシルエットで赤は照れくさそうにこちらに振り向いた。

ぼくたちの距離は10メートルほど離れている。

互いに睨み合いが続く。

赤の身体からは何か怒りのようなエネルギーが溢れていた。

すると赤は、静かに首をふりだした。笑っている！

赤道也が笑っている！

笑いながら怒りのエネルギーを噴き出している！

そして赤がいきなり叫んだ。

「……くくく……くわっちゃ、ぐわっちゃ！　ギルネンまっきん、らちおっぴー！

すりかんぶりお!!!　ぴくっつ！　きゅう～!!」

確かにそう聞こえた！　いったいなんなんだ?!　何かの呪文なのか……？

しかし赤は、どこか寂しげな空気を放っている……。

「赤！」

「赤監督！」

ぼくたちは何故か心配になり赤に声をかけた！

「赤！」

「道也監督！」

すると、赤は懐から何かを取り出した。

目を凝らすと右手に小さなそろばんが握られている。

「そろばん！」

ぼくたちは叫んだ！

するると道也監督は
「そう!!　そろばんっつ！」と叫ぶと、そのそろばんをちゃかちゃか鳴らしながら小踊りを始めた！
踊っている！　赤道也が小踊りってる！

驚いたのも束の間、赤は突然小踊りをやめた。

「?・?・?」

遠くサギの鳴き声が聞こえる。
赤はその鳴き声に吸い寄せられるように
深い森へと消えて行った。
ぼくたちはしばらく茫然と立ち尽くしていた。
すると！　何とまた赤監督が戻って来たのだ!!
再びじーッとこちらを見つめている赤……！
赤の赤いベッチンコートが一陣の風にゆれる。

どくとくな顔でじっと見つめる赤。

その時　ふと思った。ぼくたちは何故、森の中にいるのか……

いつの間に森の中に入ったのか……

赤監督との距離はさっきより遠くなっていた。

ぼくと、帆露小市・直瑠（ほろこいち・なおる５８）は赤監督に叫んだ。

「赤監督っ！　何ですかぁー？　何が言いたいんですかぁ～?!」

すると赤監督の薄い唇がゆっくりと動き、大きく口を開けた！

「うわぁ～！」

ぼくたちは恐怖に慄《おのの》き声を上げる！　赤監督の口は異常なまでに大きく開いてゆく！　グギッビリャ、クチュッ！　ギバグリュゥ～……。

ぼくたちはまるで、妖女ゴーゴンに見つめられ身体が石のように固まって動けなくなるあの感覚に近いものを全身に感じていた。だめだだめだだめだ！　このままでは赤の口に吸い込まれてしまう！　どうする?!　どうしたらいいっ!??!

しかしぼくたちは金縛りにあったように動けなくなってしまったのだ!!

赤の吸引パワーにぼくたちはどんどんどんどん吸い寄せられてゆく!!

死ぬ！　このまま俺たちは赤の巨大な口に吸い込まれて死ぬ！

でも、それも悪くない！

これから先、ろくな事もなさそうだし、ただ寂寞《せきばく》と年を取るだけだ！　サヨナラおれ！　サヨナラ昔の恋！と、覚悟を決めたその時！

赤が叫んだ!!

「カスタマイズん！」

その甲高い赤の声が闇に広がる変わった形の山々にこだまする。何度も何度も語尾が繰り返されそれがいつのまにか

「しぇーん。しぇーん。しぇーん。」という音に変化し、そのやまびこが闇に吸い込まれると同時に、赤は静かに森の奥へと消えてしまった……。

さようなら赤……。

果たして彼は、本当の赤監督だったのか。

あたりには再び静寂が訪れた。

ぼくは言った。

「直瑠、この本はぼくにとって囁きのような本だったよ。映画を、映画館を大切にしてきた老人が、たったひとりの少年のために静かに奮闘するファンタジーだ」

「なるほどね。ただ目の前に現れたひとりの少年のために静かに奮闘するおじいさんだな」

「だれもが知ってる、だれもが評価しているものではない。まだ誰の目にも止まっていない、いや、誰の目にも止まらなかった映画を探して、映画館という世界で高峰くんに優しくそっと紹介するんだ」

「ある意味、映画秘宝館じいさんだな」

「しかしこの老人……いくつなんだろうな?」

「自分がこの年になって思うのは、俺はただ歳を取っただけだ」

「なんだ急に?」

「……直留、俺はお前に、全く興味がないから、お前の人生はどうでもいい!」

「おい、てめぇ! それは失敬だろ!」

「いいから聞け! 俺はアマゾンの激流に呑みこまれ、ヒルに血を吸われながらも生き抜いた経験がある! エベレスト登頂に成功したと思ったら滑落! でも奇跡の生還を果たした経験もある!」

「何を言ってんだよ! 嘘じゃねーかそんなの」

「いいから聞け! 俺はな、8年前の6月、中央線の三鷹にある小さな遊園地【双生児】のジェットコースターに乗ったんだ。その時、整備ミスでレールが外れて、全員吹き飛んで地面に叩きつけられたんだ。でもな、俺だけ一人、近くにあった花屋さんのテントの上に落下して、九死に一生を得たんだ! 俺の隣にはなぜか砕けた琴があった。どうだ! すごいだろ!」

「何言ってんだお前。俺はな今から35年前、元ボンドガール、クローディーヌ・オージェ(♯6)とインド洋で楽しく泳いだ事があるぞ。浮袋に浮かびながらふと見ると、俺たちの下にものすごくでけえシロナガスクジラがいて、そいつが吹き上げた潮で宙に浮かび上がったって事があった」

「ふん、だれが信じるかそんな事！　嘘ならもっと気の利いた嘘つけよ！」

「ばかやろうてめえ!!　てめえの嘘話しに付き合ってやっただけだろうがっ?!!」

「……人生は長いようであっと言う間だ。あっと言う間の一年が、100個集まったのが100年だ」

「全くだ……。この物語の館長は絶対153歳くらいだろうな。もう死んでるんだよ本当は」

「なるほど……身体はすでに枯れてしまっていて骸骨なんだけれど、館長の魂が森の木々や葉や木の実などから骨や肉を形成し、館長の身体を動かしているんだ」

「そうだ。影猫はもちろん化け猫だ。化け猫の怨念は人に取り憑くって言うしな。映画好きの館長と化け猫に囚われたひとりの少年の成長物語って訳だ」

「やっぱりこの物語はホラーだ。だって最終的には映画館、フィルムの世界に囚われてしまうんだからな。昔、オリバー・リード（＃7）とカレン・ブラック（＃8）主演の『家』ってホラー映画があったんだよ」

「それ聞いたよ！　さっき！」

「え？　そうだっけ？」

「聞いたよ！」

「そうだっけ？」

「だから聞いたんだよ！」

「なるほどね……この物語はあれだな、作者荒河踊が原稿用紙と向き合いながらフィルム映画への憧れと映画館というどくとくな空間への想いを荒れ狂う長良川を踊りながら渡るような気分で作り上げた新たなネバーエンディングストーリーだな」

「だよ。おそるべき荒河踊だ」

「荒河踊さん、素敵な夢を見させていただきありがとうございました」

「また100年後の世界で会いしましょう」

「銀河マリーゴールドシネマで……」

（＃1）『家』（1976年）　アメリカのホラー映画。

監督ダン・カーティス（1927〜2006）。出演オリバー・リード、カレン・ブラック。夏のバカンスを過ごすために古い豪邸にやって来た一家が見舞われる恐怖体験。

（＃2）『シャイニング』（1980）　アメリカのホラー映画。

製作・監督スタンリー・キューブリック（1928〜1999）。原作スティーヴン・キング。主演ジャック・ニコルソン。冬の間だけ閉鎖されるホテルに小説家志望のジャック一家が管理人としてやって来た。そのホテルでは過去に管理人家族がある事件に巻き込まれていた。

（＃3）　007

作家イアン・フレミングが生み出した架空の英国秘密情報部のエージェント〈ジェームズ・ボンド〉のコードネーム。「ダブル・オー・セブン」と読む。ショーン・コネリーがボンド役を演じた『007は殺しの番号』（1962）から映画シリーズが開始。

（＃4）水野晴郎（1931〜2008）

映画評論家、映画監督、タレント。日本テレビ系の映画番組「水曜ロードショー」の解説を1972年から1983年まで担当。その後、担当番組が「金曜ロードショー」に変わり1985年から1997年まで解説を続けた。1996年の『シベリア超特急』シリーズで映画監督デビュー。

（＃5）佐藤忠男（1930〜2022）

日本を代表する映画評論家、編集者。日本映画大学名誉学長、文化功労者。数多くの著作・共著作を残す。

（＃6）クローディーヌ・オージェ（1941〜2019）

フランスの女優。1965年の007シリーズ『サンダーボール作戦』でボンドガールを演じ、世界的に知られる。

（#7）　オリバー・リード（1938〜1999）
イギリスの俳優。主な代表作『オリバー！』（1968）、『恋する女たち』（1969）、『三銃士』（1973）、『四銃士』（1974）、『家』（1976）。

（#8）　カレン・ブラック（1939〜2013）
アメリカの女優。主な代表作『イージー・ライダー』（1969）、『華麗なるギャツビー』（1974）、『ナッシュビル』（1975）、『家』（1976）『ザ・ミラー／悪魔の棲む鏡』（1990）。

竹中直人（たけなか　なおと）

俳優・映画監督
1956年3月20日、神奈川県生まれ。

監督作品
『無能の人』（1991年）、『普通の人々』（1993年／オリジナルビデオ）、『119』（1994年）、『東京日和』（1997年）、『連弾』（2001年）、『サヨナラCOLOR』（2005年）、『u2』（2005年製作／『ザ・フィルムズ〜5ディレクターズ短編集映画コレクション〜』※一般公開は2010年）、『山形スクリーム』（2009年）、『R18文学賞 vol.1 自縄自縛の私』（2013年）、『ゾッキ』（2021年／山田孝之、齊藤工との共同監督）、『平田さん』（2022年・BSJapanext『∞ゾッキ シリーズ』）、『零落』（2023年）

※カッコ内は公開年。但し『u2』のみ製作年での順序になります。

映画館しかない世界の中で

荒河《あらかわ》 踊《おどる》

「小学生の男の子が支配人に会いたいって、いま受付にいますけどどうしますか?」とスタッフが事務室で仕事をしていた私に声をかけた。スタッフは私がどう対応するのかと面白半分にニヤニヤしている。経験上、社会科見学のようなことをお願いされるのではないかと思い「わかりました。すぐ行きます」と軽く返事をした。

ロビーの椅子で静かに待っていたのは痩せたハンサムな男の子だった。小学五年生くらいだろうか。彼は私にハッキリとこう言った。

「観たい映画があるので、ここで上映してください」

上映リクエストの直談判はよくあることなので、苦情でなかったことに内心すこしホッとした。

「どんな作品ですか?」と不安が消えて腑抜けた顔の私は油断した。

少年は独特な作品を描く邦画インディーズ系のとある監督の最新作をあげた。その作品は十八歳以上でないと観ることができないものだった。

きっと「検討しておきます」で答えは済んだのだと思う。そう言えば即仕事に戻ることができるし、この用件は三分で終わる。しかし、私の悪い癖が発動し、好奇心から余計なことを口に出す。

「どうしてその映画が観たいのか良かったら教えてもらえるかな?」

「だってここだったら入れてくれると思ったから」

「入れてくれる?」

彼はまだ小学生だけれど、ここの映画館で上映したなら十八歳以上からしか観ることができない映画でも自分に観せてくれる、そう思ったと言うのだ。

私は感心してしまった。包み隠さず正直に話す少年の言葉に、そして観たいと選んだ激渋映画のチョイスに、そしてこの返答し難いお願いの内容に。

この少年が喜ぶのであれば絶対に上映してあげたい、そして満足いくまで観せてあげたい、そう心の中で誓った。が待てよ。もうひとりのバカ真面目で杓子定規な考えしかもたない私が、もぞもぞと思考する。そんなことがバレたら映倫に何を言われるかわからないし、場合によっては営業停止になりかねないぞ、そうすればスタッフに迷惑をかけるし、会社は私に対して減給か、異動か、怒られるのは間違いない、少年に良い顔をすれば一瞬で未来を見失うことになるんだぞ。お前はそれでいいのか？と。

「でも、その映画はなぁ、R18作品になるからなぁ……」七対三の七の私の口からはこの場をとりつくろうような言葉しか出ない。

少年はまっすぐに私の顔をみて、黙って私が何を話すのかを聞いている。その無垢で知性的な鋭い眼差しは、きっと私の心の中を見透かしている。

「すごいね、きみは映画に詳しいんだね」

少年の父親は映画の美術関係の仕事をしていると教えてくれた。だから幼い頃からたくさんの映画を父親と観て知識を得たというのだ。

それから私は彼と少しの時間、映画の話をした。他にどんな映画が好きなのか、そういう他愛もない話だ。大人顔負けの作品数を彼は定期的に観ていた。感心しながら、私は赤べこのように頷き、私すらまだ観ていない映画の魅力まで少年から教えてもらった。まったくどちらが支配人なのだか。

参考までに他のリクエスト作品も聞いてから話は終わった。

これからの上映作品はホームページや番組表で確認してください、上映の可否が知りたくなったら遠慮なく電話してください、と私の名刺を渡した。

彼は「ありがとうございました」と礼儀正しく頭を下げるとすたすた足早に帰っていった。

少年の後ろ姿を見ながら、私は成人した彼が映画監督になって賞を総なめにして、高々とトロフィーを掲げる未来をイメージしていた。いつかそんな日が来て、ここで観た映画の思い出をインタビューで語っている少年の晴れ姿を想像していた。同時にむなしい気持ちが腹の中に残った。私はつまらない人間に成り果ててしまったのだと思った。

結局その作品は上映のタイミングが合わずにスクリーンにかけることができなかっ

たし、少年から連絡も来なかった。

「最近の映画はワタシには合わないが、でも映画館でたくさん映画を観るようにしている。つまらないものが多いが、突然バチンと張り手を喰らわされる凄い映画と出会うこともある。だから映画は不思議でやめられないんだ」

以前、常連のお客様が私にそう話してくれた。

自分はろくに教育を受けていないが、映画が学校で人生を学んだのだと照れ臭そうにご高齢の紳士は話してくれた。その方は小さな看板関係の会社を経営していて、映画ポスターをコレクションしている方で、大病を患っていた。

バート・レイノルズ（＃1）のような風貌は一見とっつきにくそうだったが、いったん映画の話を始めると急に少年のように目を輝かせ、夢中になって映画を語る生粋の映画ファンだった。

いつしかご来館のたびに少しだけお話をする関係になった。どっさり映画の感想を記録したノートを何冊も出して、一冊ずつ見せてもらったことがある。映画への熱い想いは筆跡と貼ってある半券から伝わってきた。

「君みたいなやさおとこには無精髭は似合うな」

連日仕事がたてこみ、接客業というのに面倒で髭を剃っていなかった自堕落な私にそう言ってくれたことはなぜか嬉しく記憶している。

〈体調がわるくて最近映画を観に行けない〉〈入院することになった〉、そうメールが来たときはどきりとした。そして、いつしかその紳士は映画館に来なくなり、メールをしても返信が来なくなった。

「あなたが責任者かね、少し話があるのだが」と初めて声をかけてくれたときのことを、そのバート・レイノルズのような精悍な表情を、いまでもハッキリと覚えている。

私は通常スタッフが出勤するよりも一時間半から二時間前には映画館に出勤していた。客席の横に倉庫があるので片付けなどの音のでる作業は上映中にはできないこともあり、また大量の書類の整理や展示物の制作には、大胆にロビーを使って作業をするからである。

ある朝、まだ開場までかなり時間がある中、薄暗い入口に人影を見つけ、私は少しぎょっと驚いた。恐るおそる確認に行くと、杖を持った足のわるいご高齢のご婦人とその娘さんが入口前でじっと立っていた。

まだ初回上映には時間があること、混んでいないので開始直前に来ても余裕で座れることを説明した。だけど足の悪い母親を連れて街をぶらぶらすることは難儀と、お二人はこのまま映画館で待つことを望んだ。

私にも足の不自由な兄がいたので、ご事情はすぐに想像できた。

「では私は奥で作業をしていますが、もし良かったら館内の椅子にお掛けになってお待ちください」とご誘導したらお二人はとても喜んで、それ以来、映画が変わるたびに観に来てくれる常連になってくれた。

よくご来館になるのでてっきりご近所の方なのかなと思い込んでいたら、なんとわざわざ一時間以上電車を乗り継いで映画館まで来てくれていると知り、驚きと感謝にあふれてしまった。

私は三十年以上ものあいだ映画館という場所で働いていました。

そのうち二十五年は名画座と呼ばれている小さな映画館で責任者として自分なりの映画館の理想を追いかけていました。上映作品を考えて配給会社と契約をしたり、イベントや展示物の企画を考えて準備をしたり、そのほか映画館に伴うすべてのことを優秀なスタッフと共に毎日悪戦苦闘して働いていました。

良いことも、そうでないことも日々沢山ありましたが、映画館という特別な場所で働くということは〈ほんとうに夢の中にいる〉ように幸せでした。

いえ、自分自身が〈まるで映画の中にいる〉ように幸せでした。

いつしか〈私にとっての理想の映画館とはどんなものだろうか？〉ということを常に考えて働くようになりました。

例えばそれは売上をまったく気にしないで好き勝手な映画だけを上映する映画館だったり（興行収入なんて無視です！）、例えばそれはお客様も映画監督も俳優も同じスクリーンで映画を鑑賞してからその興奮が冷めないままロビーで珈琲片手に映画談義に花を咲かせていたり、例えばそれは本屋とカフェと映画館が融合したような木漏れ日が似合う場所だったり、例えばそれは森の中に存在する古いけれど大切に守られている映画館だったり。想像が飛躍すると、例えばそれは休憩時間には客席内の天井が開き日中は青空を、夜は星空を眺めることができる映画館だったりと。理想を掲げるときりがありません。

現実的ではないことばかりですが、しかしその理想と現実のあいだのなかで自分なりの映画館作りを目指していました。理想のことばかり考え過ぎていたことが影響したのか、いつしか架空の映画館を妄想していました。日中は現実の名画座の運営をして、仕事が終わった夜には理想の映画館の運営を頭の中で思い描いていました。

その物語がこの「銀河マリーゴールドシネマ」の原点になります。

今回は映画館で働いていたときにお世話になった映画監督の犬童一心さんと俳優で映画監督の竹中直人さんにあとがきをお願いしました。お二人は私にとって恩人であり、憧れの存在です。そしてどうしてもお二人に作品を読んでほしかったという気持ちが強くありました。あとがきをお願いした際、私のわがままを快く引き受けていただきましたことを、この場で改めて感謝を申し上げます。

「銀河マリーゴールドシネマ」を読んでくださった皆様が映画を観たくなったり、映画館に行きたくなったり、映画や映画館をもっともっと好きになってくれる、そんな読書体験をしてもらえたらこんな嬉しいことはありません。

朝、まだ誰もいない暗い客席にひとり座り、頭上を見上げるとそこには宇宙が広がっているようでした。ぼんやりとかすかな光で浮かび上がるスクリーンは数えきれないほどの映画を映し続け、数えきれないほどの物語をお客様に提供し続けてきました。そんな映画館という宇宙が大好きでした。

私は、その映画や映画館へのお礼がしたいと思い、この作品を描きました。これから先の遠い未来、どんな映画監督たちがどんな映画を撮り、どんな個性溢れる魅力的な俳優たちが役を演じ、例えば千年先の映画館ではどんな映画がスクリーンで上映されているのか、想像しただけでワクワクしてきます。

最後まで読んでくださいました読者の皆様には心から感謝を申し上げます。

二〇二三年二月　荒河 踊

（#1）　バート・レイノルズ（1936〜2018）
アメリカの俳優・映画監督。1959年にテレビ業界で俳優デビューし、1961年に映画デビュー。逞しい肉体に髭が似合い「タフガイ」として人気を博す。代表作『脱出』（1972）、『キャノンボール』シリーズ、『トランザム7000』シリーズ。『ブギーナイツ』（1997）では数多くの助演男優賞を受賞。1976年には『ゲイター』で監督デビューも果たしている。

※物語本文に出てくるフィルムのことを一部「プラスチック片」と表現していますが、実際のフィルム素材は【ニトロセルロース（硝酸セルロース／可燃性）↓アセテートセルロース（酢酸セルロース／非可燃性）】になります。映画が無い世界を描きましたので便宜的にプラスチック片とさせていただきました。

荒河 踊（あらかわ おどる）

著者
1969年2月11日、東京生まれ。
二十代前半から映画館のアルバイトを始め、二十九歳で都内の名画座の支配人となり二十五年間勤務。本作が初の作品である。

旅にでたぼくは
映画館の無い世界で映画館と出会った
荒河踊監督作品
銀河マリーゴールドシネマ
高峰和音　館長
女将さん　影猫　影人たち　赤道也
映画の登場人物たち　映画を作った人たち
映画を好きな全ての人々と読んでくれた全ての人々

銀河マリーゴールドシネマ

2024年4月17日　第一刷発行

著者	荒河 踊
挿絵	Mao Ishitsuka
校正	赤尾美香
ブックデザイン	Iyo Yamaura
写真協力	御成座
special thanks	美馬亜貴子
発行者	宮久保伸夫
発行所	ぶくぶっくす
	〒160-0022
	東京都新宿区新宿 6-15-2
	電話　03-6380-4563
	http://bukubooks.official.ec
印刷製本	藤原印刷株式会社
定価	3,000円+税

ISBN 978-4-9913240-0-0

ワタシの名はアズモオナガ
職業は映画説明者である
個性的な映画館と
そこで働く人々と出会うため
様々な街の映画館を渡り歩き
そこで大切な〈部品〉を見つけ集める